입 다물고
무릎
꿇어라

• 종교적 용어 이외에는 가급적 현대문법에 기초하였습니다.
• 앞 페이지에서 뒷 페이지로 넘어갈 때 연구분이 있는 경우 〉로
  표시하였습니다.

정필도 목사 평전 시집
입 다물고 무릎 꿇어라
ⓒ이향영 2023

초판1쇄 발행 | 2023년 11월 20일

지　은　이 | 이향영
펴　낸　이 | 배재경
편 집 디 자 인 | 조민지
펴　낸　곳 | 도서출판 작가마을
등　　　록 | 제 2002-000012호
주　　　소 | (48931) 부산광역시 중구 대청로141번길 3 (중앙동, 501호 다온빌딩)
　　　　　　서울시 도봉구 도당로 82(방학1동, 방학사진관 3층)
　　　　　　T. 051-248-4145, 2598　F. 051-248-0723　E. seepoet@hanmail.net

ISBN　979-11-5606-239-4　3810　　정가 15,000원

정필도 목사 평전 시집

입 다물고 무릎 꿇어라

이향영 지음

도서출판
작가마을

나는야 매일 고요한 마음으로
입 다물고 엎드려 기도하니
입술이 꽃잎보다 예쁘다고
우리 주님이 사랑으로 칭찬해 주시네

절제된 가슴으로 잠잠이 무릎 꿇고
온유의 마음으로 기도드리니
무릎은 겸손히 희락의 열매가 되고
우리 주님이 잘했다 기뻐 하시네

나는 매 순간 오래 참음으로
내 안의 양선과 자비가 활동하게
온 맘으로 간구하니 시와 찬양이 되고
우리 주님이 기뻐서 사랑 춤을 추시네

오, 절망할 줄 모르는 기도여
찬미가여 겨울 봄 여름 가을
모두가 기도해야 할 주의 사계절이고
사랑과 화평으로 충성하니 우리 주님이
은혜의 선물로 9가지 성령의 열매를 주시네

나는야 매일매일 입 다물고 무릎 꿇는
집사가 아니고 권사도 아니고 장로도 아니지만
아버지를 기쁘게 해 드리고 싶은 기쁘미*로 살고 싶네

* 기쁘미 : 저자의 별명

part 2 _ 무릎으로 엎드린 봄

part 3 _ 절망할 줄 모르는 기도의 여름

part **4** _ 이웃에서 세계로 은혜의 가을

part 5 _ 어록으로 그려진 시와 사랑의 사계절
- 故 정필도 목사님의 어록

| 발문 |

part 1

찬란한 빛을 품은 혹독한 겨울

특별한 만남

참 좋으신 하나님을 은혜로 만나고
참 좋으신 예수님을 축복으로 만나고
인도하시는 성령님이 내 안에
주인으로 살아 계시는 이보다 더 좋은
만남이 또 있을까요?

그런데 저에게는 큰 감동으로
신앙의 롤 모델이 되어주신 한 분을
수영로교회에서 만났습니다

그분은 故 정필도 목사님이시고
목사님의 일편단심 변함없는
신앙을 제게 접목하고 싶은 것이
제 큰 소망이었습니다

이 소중한 만남을
빛과 소금이 되게 가꾸는 것은
제 믿음이고 의무라 느꼈습니다

생각만 해도 벅차오르는 새벽
삼위께 영광을 올려드리는 기쁨은
제 영혼이 무지개 춤을 추게 합니다

정필도 군의 어린 시절

가난은 불편할 뿐이지 결코
죄는 아니지 않는가 말이다

그는 불신자 집안에서 태어나
어린 나이에 예수 그리스도를
만난 것이 너무나 큰 기쁨이었다

어린 시절 부친을 여의고도
가난에 굴복하지 않고
당당하고 옹골지게
학교생활과 친구들과의 관계도
참으로 자랑스러웠던 소년이었다

될성부른 나무는
떡잎부터 다르다고 했던가!

정필도 군은 주님을 만난 것이
큰 선물이라 생각할 정도로
그분을 인정하고 받아들임이 남달랐다

정필도 군의 가슴에는 어릴 때부터

독수리 한 마리 하늘 향해 날아오르는
비전과 꿈이 자라고 있었다

6학년 때 만난 그분

소년 정필도 군은
창신초등학교 6학년 때였다

강원도에서 서울로 전학해온 친구
소년 이범호 군의 전도로
창신교회로 나갔고 첫날부터
예수님을 설렘으로 만나게 되었다

소년 정필도 군은 교회에 나가면 생기가 나고
성경을 배우면 기쁨과 감격으로
가난한 마음에 위로와 희망이 되었고

존 변연의 『천로역정』에 대한 스토리는
창신교회 주일학교 어린이들에게
최고의 인기이기도 했다

소년 정필도 군은
예배 찬송 기도 모두가 좋아서 마치
물고기가 물을 만나는 것 같았다

소년의 영혼은 기쁨으로 춤추었고

교회 프로그램은 달콤한 아이스크림을
먹는 것처럼 은혜의 충만함이었다

소년은 몸만 자라는 것이 아니고
꿈과 소망을 가지면 그분이 키우는 것을
주님의 사랑 안에서 소년은 청결히 자라가고

은혜 속의 신비

열세 살 난 소년 정필도 군은
구원의 감격을 체험하고
죽음에 대한 두려움이 없어졌다

죽으면 천국 갈 확신이 생겨서
죽어도 좋다고 생각할 정도로
소년이 신앙에서 받은 모든 것의
은혜는 구체적이었고 큰 축복이었다

학교에서 앞에 나가
노래를 부르는 시간에도
소년 정필도 군은 찬송가만 불렀단다

소년 정필도 군은 복음화에 대한
관심도 지대했고 전도에 관한
열정으로 소년의 친구들은 초등학교 때부터
그를 '정 목사'라고 불렀다

어린 정 목사는 은혜가 무엇인지
은혜 안의 신비를 확실히 체험했고
교회의 프로그램을 즐기고 누릴 줄 알았다

〉
힘들 때 하늘을 올려다보면 그곳에
하나님이 푸른 미소로 응원해 주셨고
그 사랑을 믿었고 그분은 소년의 의지였다

믿음의 본 이문호 형

소년 정필도 군의 신앙에
친구 이범호의 영양도 있었지만
그의 형 이문호의 역할과
지도가 엄청난 도움이었다

소년 정필도 군에게 이문호 형은
예수님 다음으로 커 보이는 분이었다
무엇이든지 문호 형을 따라 하고 싶었다

문호 형은 학업성적이 뛰어나서
서울공대 전기공학도였으며
주의 일이라면 그 누구보다
열정적으로 섬기는
그야말로 믿음의 본이 되었다

문호 형이 밤낮으로 기도하고
성경 말씀을 사모하는 모습은
그 어느 목회자보다 훌륭해 보였다

예수를 믿는다면 적어도
그렇게 믿어 행동으로

실천해야 한다는 사실을
처음부터 각인시켜 준 신앙의 모델은
친구 범호의 친형 이문호였다

그런 훌륭한 모델 곁에서 함께
신앙생활을 할 수 있었음은
은총 가운데 큰 은혜였던 것을

소년 정필도 군은 이문호 형 같은
교회 형을 모델로 세워 주신
하나님의 사랑에 항상 감사했고

'증인 만나다 엎드리다 전하다'를 읽으면서
화자의 어린 시절은 예수 믿는 사람이
주위에 단 한 사람도 없었을 뿐만 아니라
필자의 마을에는 예배당도 하나 없었고
내가 믿고 의지할 사람은 부모님뿐이었다

비록 가난해도 범호와 문호 형처럼
좋은 믿음의 가족을 만난
소년 정필도 군이 나는 부러웠다

〉
정필도 군이 하나님을 믿고 의지했으나
사실은 하나님이 먼저 소년을 선택하셨고
사위에 천사의 날개로 지켜주신 것이다

교회 형님 이상의 존재

이문호는 동생 이범호와 정필도 군을
데리고 여러 곳의 부흥회와
빌리 그래함 전도 집회와
삼각산 제일 기도원과
은혜받고 신앙이 성장할 수 있는
좋은 곳은 모두 데리고 다녔다

소년 정필도 군은 문호 형이 선물로 준
성경이 머릿속에 다 정리가 되어
6학년 때 이미 성령을 체험하게 되었다

한강 백사장에서 열렸던
부흥회 때 문호 형은 서울대 뺏지를
강물에 던지고 주님을 위해 살겠다고
다짐하며 결심하는 것을
소년 정필도 군은 보았고
그런 이문호 형을 닮고 싶었다

그분을 향한 소년의 마음은
흔들림 없는 큰 바위 같았다

무엇을 하다 가면

교회 형님으로부터 기본적인
신앙생활을 철저히 보고 배운
소년 정필도 군은 빈틈없이 회개 기도와
성령님께서 새롭게 변화시키는
역사를 체험한 것이다

어린 나이지만, 없는 죄를 비워내고
성령님께서 자기 안에 충만한
기쁨을 부어 주시자 가장 크게
달라진 것은 소년의 '생각'이었다

소년 정필도 군은 자나 깨나
앉으나 서나 천국 가서 예수님을
만날 생각이 그를 사로잡았던 것이고
내가 무엇을 하다가 가면
예수님께서 가장 기쁘게 나를
맞아주실까? 그것이 소년의 고민이었다

소년 정필도 군은 어린 시절부터
신앙의 특별한 생각과
체험으로 성장한 이면에는

〉

하나님의 사랑이 그를 위해
완벽하게 예비해 놓으시고
빈틈없이 다듬어 가신 것이다

그분의 사랑이 변함이 없었듯
소년의 그분을 향한 사랑도 변함없었다

전도의 시작

소년은 초등학교 6학년 때부터
반 친구들을 맨 앞줄부터
차례로 전도하기 시작해서 반 전체를
복음화시킬 열정이 타올랐고

왜냐면 하나님께서는
전도하는 자를 가장 기뻐하시고
영광 받으신다는 것을 알고부터
순종하여 전도로 하나님이 놀라시도록
기뻐하시게 해 드리고 싶었다

소년 정필도 군은 그때부터
하나님을 기쁘시게 하려고
전도를 열심히 하기 시작한 것이다

어떻게 초등학생이 그런 귀한
소명으로 전도를 할 수 있었을까?

소년 정필도 군을 바라보신
하나님의 표정에는 언제나 잔잔한
미소의 하늘 꽃이 활짝 피어있었으리라

〉

아름다운 전도, 생명을 구원하는 일
어린 소년의 순수한 열정 그 전도
전도는 소년의 가슴에서 피어난 사랑 꽃이리라

세 가지 결심

어린 시절 아버지의 부재 속에서
하나님께서 자신의 아버지가 되신다는
사실이 소년은 너무나도 기뻤고

자신의 아버지가 되신 하나님 아버지를
기쁘시게 하는 일이라면
소년은 무엇이든 하고 싶었다

학교 공부도 열심히 했고
정 목사로 불릴 만큼 전도도 기쁘게 함으로
정필도 군은 신앙을 올바르게 지키기 위해
자신과의 약속을 지키기로 했다

첫째. 하루에 세 번씩 교회에 가서 기도하기
둘째. 어떤 어려움과 시험이 닥쳐도 예배에 빠지지 않기
셋째. 하루에 성경을 한 장 이상씩 꼭 읽기

어린 시절부터 말씀과 예배, 기도 세 가지는
소년 정필도 군에게 신앙생활의 기쁨이었다

가난한 집안에서 태어나 끼니를 걱정하면서

살아도 소년에게는 복음의 진리와
하나님 아버지가 의지였고 전부였다

소년은 하나님 안에서 일찍이 새로운
세상을 바라보는 큰 꿈을 꾸었다

소년 정필도 군이 올려다 다 본 파란 하늘은
하나님이 양팔을 벌려 품어 주시는 것 같았다
착한 내 아들, 사랑하는 내 아들이라 부르셨고
하늘을 바라보면 하나님이 늘 빙그레 웃고 계셨다

청소년 시절 창신교회에서

경기중학교 시절에도 그는
신앙생활을 성실히 하는 학생이었다

창신교회 담임이었던
권연호 목사님은 새벽예배 때마다
맨 마지막까지 남아 교회와 성도들을 위해
기도를 드렸고 친구 이범호는
그를 가리켜 '기도의 목사'라고 불렀다

권연호 목사님은 수요예배 때 중학생인
소년들에게 기도 순서를 맡기기도 했다

그렇게 연단되었기에 정필도 학생의
신앙은 뿌리가 탄탄히 내렸고

권연호 목사님과 김옥배 전도사님의
탁월한 영적 영향력으로 훈련받은
정필도 학생의 신앙은 반석 같았다

인생길에서 신앙의 길에서
누구를 만나느냐는 것은 평생을 좌우하는

가장 중대한 이정표가 된 것이다

정필도 학생에게 예비해 주신
신앙의 대선배들은 본의 모델로 주신
하나님의 크신 축복이고 사랑이었다

고등학생의 금식 기도

정필도 학생의 가정형편은
날이 갈수록 더욱 어려워져갔고
빚은 태산으로 불어나서
감당이 안 될 정도였고
교회 안에서는 분쟁과 분열이
날이 갈수록 거듭되어 갔다

전도서의 말씀이 떠오르면서
그는 이 세상에 오래 살수록 죄만 더
많이 짓게 된다고 생각했다

예수를 믿고 구원받은 사람은
빨리 이 세상을 떠나는 것이
복이 된다는 결론을 얻게 되었다

생명은 창조주 하나님의 것이니까
자살은 할 수가 없었고
고민 중에 '금식 기도 하다가 죽는 것'을
그는 선택하기로 결심했다

경기고등학교 2학년 때 절체절명의 벽 앞에서

절박한 심정으로 금식 기도를 시작했고
그때 하나님의 음성을 듣게 되었다
너는 죽었느니라, 이제는
나를 위해서 살아 줄 수는 없겠니?

그 후 죽기 위해서 사는 것이 아닌
주를 위해서 살아야 한다는
사실을 깨닫게 된 것이다

사랑하는 자녀의 굳은 결심을 보신
창조주 아버지는 얼마나 기뻐하셨을까!
그래서 하늘은 오늘도 기쁨의 웃음으로
흰 뭉게구름을 하늘 가득히 꽃밭으로 피워 놓으시고

어렵거나 힘이 들 때 가끔은
하늘을 올려다보고 숨을 크게 쉬고
파란 하늘 따라 웃으며 기뻐하라 하셨다

서울대학으로 진학한 정필도 학생,
그리고 내 아들

날마다 태산처럼 쌓여가는 빚 때문에
숨이 막힐 지경이었던 환경 때문에
그는 대학 진학을 포기하고 싶었고

절체절명의 흑암에서 탈출구는
유일이 기도원밖에 생각나지 않았다

정필도 학생은 몸부림치며
아버지께 매달려 기도했을 때
또 다른 은혜의 통로가 열렸고

그는 서울대학교 종교학과에 입학하면서
목사의 길을 착실히 준비했고

그 당시 비장한 각오로 본명 정융남을
베드로를 흠모하면서 영어명 '피터 Peter'를
발음대로 적어서 '鄭弼禱'로 개명했다

정필도라고 개명한 이름은
나라를 말씀으로 전파하여
기도로 세워나가겠다는 의지의 표현이었다

마음에 큰 뜻을 품은 정필도 학생은
유명한 신학자 신사훈 스승님을 만나면서
헬라어와 히브리어를 공부했고
라틴어 영어 독일어 원서들도 공부했고

대학 생활하면서 중고등학생들
과외 선생으로 동분서주하는 나날이었다

그런 고된 와중에도 유일한 기쁨은
공부 가르치는 학생들을 데리고 주일마다
교회에 가서 주일 성수 하는 것이었다

서울대학시절의 낭만은
정필도 학생과는 먼 나라의 일이었고
강 건너 불구경도 못 해본 지경이었다

서울대학시절 꼭 하고 싶었던 공부도
실컷 못해보고 무사히 졸업할 수 있었던 것은
하나님의 크신 은혜였고 감사였다

필자는 이 글을 쓰면서 지난날
서울대학이란 말만 들어도 가슴이 찢겼던
시절이 떠올라 한동안 멍멍했다

나의 아들 이유빈 Paul Lee는
서울대학교 기숙사에서 친구들의
간식을 대신 만들다가 감전사로
하늘나라로 가게 되었다

미국에서 초중고를 졸업한 아들이
여름학기에 모국어를 배워서
엄마를 기쁘게 해주겠다고 열심히
한글을 배워서 올 A를 받았다고
서울대학교에서 기뻐하던 18세의 아들이
국제전화를 걸어 자랑하던 그 목소리가
아직도 전화기 안에서 들려오는 것 같은,

오늘 기도하면서 아들 Paul Lee에게
훌륭하신 정필도 목사님이 하늘나라에 계시니
꼭 찾아가서 인사드리라고 기도했다

주님을 목사님처럼 사랑했던 Paul이니까

내가 곧 하늘나라에 가면 아들을 데리고
정필도 목사님을 찾아뵙고 인사해야지
성령이 충만한 수영로교회를 개척해 주셔서
잘 섬기다 왔노라고 감사 인사드려야지

정필도 목사님이 반가워하시겠지!
나의 아들 Paul Lee도 좋아하겠지!

하늘은 파란 미소와 흰 구름 꽃으로 웃고
바다는 흰 파도의 박수와 윤슬의 반짝이는
빛의 물결로 우주의 특별한 미소의 우리 하나님!

온 사물에서 당신의 임재를 느끼는 행복한 우리는
온 지구에서 당신의 사랑에 충만한 기쁨의 우리는

떠난 분들을 잊지 못하고 가슴에 담고 사네
사랑이 그리워 빈 가슴에 사랑을 그리며 사네

총신에서의 신학 수업

경기중고등학교를 나와
서울대학교 종교학과를 졸업한
그는 대한예수교장로회
총회신학교에 입학했고

공부 열심히 하는 명문학교를
졸업한 정필도 학생에게
총회신학교 공부 분위기는
한마디로 실망 그 자체였다

그러나 그는 실망을 자기의
교만에서 오는 마음이라고
자책하며 열심히 공부에 매진했고

사실 정필도 학생은 공부에 매달리는
학구파라기보다 산 기도에
집중하는 '신령파'였고
기도, 기도, 기도의 사람이었다

정필도 학생은 신학생들의 설교시간에
사명이 없으면 지금이라도 돌아가라고

크게 외치기도 했다

신실한 정필도 학생은
기도의 사람이었고
말씀의 사람이었고
열정의 사람이었고
헌신의 사람이었고
사랑의 사람이었다

최고의 신부를 만남

총회신학교를 졸업한 그는
1970년 11월 목사 안수를 받았고
그해 12월에는 신현교회에서
사역하면서 사랑하는 아내를 만났고

하나님은 최고의 신부
박신실 사모님을
그를 위해 예비해 주셨다

밤낮으로 황소처럼 일과 일을
한 시절이었지만 또한
새처럼 자유롭고 행복한 때였다

정필도 목사님은 오늘이 있기까지
중학생 때부터 장학생으로 공부한 것이
어렵고 힘들었던 학교를 입학하고 졸업할 때까지
그는 자기의 능력이 아니라고
주님의 축복이라고 겸손히 말을 했고

모든 것이 하나님의 전적인 은총이고
은혜라고 감사를 주님께 올려 드렸다

〉
그런 정직한 정필도 목사님을 바라보시는
그분의 마음이 어찌 기쁘지 아니하실까!
어찌 최고의 신부를 예비해 두지 아니하실까!

최고의 신부는 둘도 없는 기도의 동역자로서
알게 모르게 그를 돕는 호흡 같은 귀한 존재였다

공군 군목이 됨

정필도 목사님은 공군 군목이 되어
경북 영주군 일월산에서
첫 사역을 시작하였고

입대 후 첫 번째 주일을 지키려고
교회에 갔는데 장병들이 단
한 명도 나타나지 않았다

너무나 암담해서
한숨조차 나오지 않았다
아버지 나를 왜 이곳에 보내셨습니까?
길이 보이지 않는 곳에서
원망의 기도가 화살이 되어
하늘로, 하늘로 솟아올랐고

아버지, 죽어도 좋습니다. 내가 죽어도
좋으니까 전 장병이 예수만 믿게 해주십시오
그는 무릎으로 엎드려 통곡과
눈물의 기도로 밤을 밝혀갔고

사랑하는 어린 딸과 아내를 친정으로 보내고

그립고 보고픈 마음을 억누르면서
오직 창조주 하나님을 위해 헌신했다

그는 자신이 받은 모든 월급을 다 써가며
늦은 밤과 새벽에 보초 서는
장병들을 위해 커피도 끓여다 주고
먹을 것을 챙겨주면서 죽을 것처럼
전도에 최선을 아끼지 않았다

그의 사역은 시작부터
무거운 십자가를 지고
죽을 각오로 주님을 따라가는
희생의 발걸음이었다

한 알의 밀알이 땅에 떨어져
썩어야 많은 씨앗으로
열매 맺는 형상이었다

정필도 목사님은 전도를 위해
자신이 한 알의 튼실한 밀알로
죽을 각오로 결의를 보인 것이다

제대 전까지 전 장병들이
크리스천이 되는 기적이 일어났음은
성령님이 함께해 주셨기 때문이라고
모든 감사를 하나님께 올려 드렸다

그렇게 성실하고 치열하게 일하는
정필도 목사님을 위해서
그분은 특별한 것을 준비해 두셨다

part 2

무릎으로 엎드린 봄

먼저 연락이 오는 교회로

정필도 목사님은 먼저 그분의 뜻을
따르기로 마음속으로 다짐했고

인간적으로 서울에서 태어나 자란
그는 서울에서 목회를
하고 싶은 생각도 있었지만

그러나 아버지의 뜻이라면
어느 곳이라도 가겠노라고
기도 안에서 약속했고

기도하는 가운데 다섯 곳의
교회에서 청빙 하려는 요청이 있었지만

그는 가장 먼저 연락이 오거나
찾아오는 사람이 있는 곳으로
하나님의 뜻으로 알고
선택하고 가겠노라고 기도했다

첫 번째로 연락이 온 곳은 부산이었고
몇몇 성도들이 함께 모여서

개척하자는 요청이었다

정필도 목사님에게 개척 목회는
예상했던 바가 아니어서
그래서 작정 기도를 시작하고

아버지께 간절히 기도하고 기다렸을 때
며칠 후부터 눈만 감으면 수천 명 부산의
사람들이 모여 있는 환상이 펼쳐졌고
주님의 음성도 들려왔다

이 양 떼들을 버리고 어디로 가겠느냐?
이 양 떼들을 버리고 어디로 가겠느냐?
네, 주님 순종하겠습니다

그것이 처음 시작했던 '선교교회'였던
수영로교회의 출발점이 된 것이다

수영로교회는 하나님이 예비해 놓으시고
정필도 목사님에게 깊이로 높이로 너비로
키워가라는 달란트로 맡기신 것이다

〉

목적이 있는 꿈은 날개가 돋아 자라갔고
성령님은 그가 무릎 꿇을 때 함께하셨고
환란이 클수록 은혜가 깊게 뿌리내렸다

수영로교회와 결혼

정필도 목사님은
수영로교회와 결혼해서 일편단심
일사 각오로 그 자리를 지켰고

주님이 가라고 하기 전까지
제가 어딜 가겠습니까?

정필도 목사님은 수영로교회와
성도들을 위해서 죽을 각오로
섬기겠다고 다짐했다

정필도 목사님에게
설교는 삶이고 믿음이고 전부였고
성경 본문이 말하는 하나님의
말씀을 똑바로 전하고 동시에 자신이
그 말씀대로 살아가야 한다는
원칙을 세웠던 설교는 바로 삶이었고

그는 수영로교회를 신랑이 되시는
예수 그리스도를 헌신적으로 섬기며
그분의 자녀들인 신자들이

은혜받기 위해 무릎으로 섬겼고

교회는 천국의 모형이 되어야만
한다고 생각했던 정필도 목사님은
신자들이 은혜받기 위해
말씀과 행동을 실천으로 가르쳤고

예수 믿고 구원받은 사람들이
하늘나라에 가기 전에
세상에 머물러 있는 동안 교회에서
천국 생활을 훈련하다 가는
장소라고 생각했고

그래서 정필도 목사님은
성도들이 교회 안에서 천국 생활을
이루어가기를 원했던 것이고

이 땅에서의 낙원은 다른 곳이 아닌
교회 생활이 천국이길 무릎으로 엎드렸고
교회는 푸른 초원이고 잔잔한 물가이길 기도했다

설교를 삶으로

정필도 목사님은 설교를 삶으로
살아내려는 노력이 게으르지 않았다

설교자인 내가 어떤 인간인가?
나는 지금 어떻게 살고 있는가?

그는 끊임없이 자기를 돌아보고
고민하고 마음 관리도 잘해서
설교자 자신이 전하는 메시지에
반영하고 철저히 관찰한 것이다

그리고 그는 설교할 때
가장 사랑스럽고 모범적이고
존경하는 교인들에게 말씀을 전한다는
마음 자세로 메시지를 선포해야
설교를 듣는 성도들이 정말로
사랑스러운 존재로 변화되어 간다고 했다

설교자의 마음이 정직하고
진실하고 사랑으로 전하면 듣는
신자들의 가슴이 열리고

은혜가 강물처럼 흘러넘치리라는 것을
그는 믿음으로 실천해 나갔다

교회 성장과 갱신은

어느 날 그는 하나님 앞에서
기도하다가 큰 깨달음을 얻게 되었다

교회의 성장을 가로막고 있는
큰 문제가 되는 인물이 타인이 아닌
바로 자기 자신이란 것을 알게 되었고

네가 문제다! 네가 문제다!

주님의 음성이 들려왔고
깨달음 속에서 먼저 목회자가
변하고자 노력하는 가운데

그의 목회는 본이 되는
목회로 거듭나게 된 것이다

교회 성장과 교회 갱신은
목회자 자신부터 시작되지 않으면
소망이 없다고 생각했던 그였다

어떻게 하면 우리 교회가

은혜 충만한 교회가 될 수 있을까?

정필도 목사님은 항상 무릎 꿇고 엎드려
기도하면서 하나님께 묻고 또 물으며
응답받으면서 실천해 나갔다

저 하늘 끝에 여호와 닛시 흰 깃발이
정필도 목사님을 응원해서
기도의 근육이 생겼고 다시 엎드려 기도했다

경건과 성령 충만

은혜 풍성한 교회, 은혜 충만한 교회로
성장시키려면 먼저 목회자 자신이
은혜 충만한 목사가 되는 것이었다

그는 항상 철저하게 회개하고
경건을 지키며 거룩하게
살아야 한다고 외쳤다

우리의 몸은 거룩한 성령의 전이기에
평생을 개인적인 경건 생활과
훈련만큼은 철저히 지켜온 목회자였다

경건한 삶을 유지하려면 꾸준한
말씀과 기도 생활을 통해서였다

말씀을 통해서 내가 얼마나
은혜 가운데 사느냐?

기도 생활을 통해서 내가 얼마나
은혜를 받느냐 하는 것을
끊임없이 적용하면서 개인 경건과

영적 성장을 추구한 것이다

정필도 목사님의 경건 훈련의 범주에는
목회자의 양심과 마음의 관리
언어습관과 시간 관리 같은
삶의 모든 영역에 철두철미했고

목회자는 교회의 거울이고
그 교회의 모습은 곧 교역자의 모습이고
교회는 교역자만큼 성장하며
교인들은 교역자를 닮아가게
되어 있기 때문이다라고 했다

그는 하나님의 말씀에 순종하고
일찍이 자신의 전 재산을 포기했고

'이와 같이 너희 중에 누구든지
자기의 모든 소유를 버리지 아니하면
능히 내 제자가 되지 못하리라' (눅 14:33)

성령의 은혜

성령으로 거듭난 사람에게는
확실한 증거가 나타나고 그 증거는
진실이 담긴 회개이고 회개이다
철저히 회개할수록 거듭나고
거룩한 사람으로 변화되는 것이다

성령은 거룩하고 아름다운 영이고
성령은 도덕적이고 매우 고상하고
성령은 신사적이고 매력적이고
성령은 정직하고 진실하고 순수한 영이네

성령의 은혜를 받은 사람들은
성령의 성품을 그대로 가지게 되고
성령 충만을 받은 사람들은 거룩하게 살고
성령을 받은 사람은 말과 행동이 아름답고
성령을 받은 사람은 철저히 도덕을 지켜내고

남편이 성령을 받으면 멋진 남편이 되고
아내가 성령을 받으면 현숙한 아내가 되고
학생이 성령을 받으면 모범적인 학생이 되고
직장인이 성령을 받으면 일을 잘하게 되고

성령을 받은 사람들은 꽃처럼 아름답고
성령을 받은 사람들은 새처럼 자유롭고
성령을 받으면 새로운 생명과 진리로 완전히
자유의 길이 생명의 길이 선물로 주어지는 것을

성령을 받은 사람의 마음과 행동에는
성령의 향기가 인격으로 물씬 풍겨
다른 사람들이 행복함을 느끼게 되네

성령 체험과 성령의 춤

정필도 목사님의 성령 체험은
교회 지하실에서 철야 기도 때였다
주여! 어찌하오리까? 부르짖었는데
기도가 터지고 눈물이 쏟아지고
온몸이 뜨거워지며 성령 충만함을 체험했고

다음 날 아침에 집으로 돌아가는데
하늘의 태양이 웃는 것 같았고
초목이 싱그러운 춤으로 즐거워했고
그는 온몸이 허공을 걷는 것 같았다

정필도 목사님은 혼란 가운데서가 아닌
정신이 맑은 가운데 성령 체험을 한 것이다

나도 미국에 살 때 교회 친구와 같이
미조리 주 켄사스시티에 있는 기도학교에 간 적이 있다
백인 목사님이 열정적으로 기도할 때였다

친구가 먼저 쓰러지고, 내 온몸이 뜨거워지더니
나는 두 손을 높이 들고 일어나 성령 춤을 추었고
성령 받은 춤은 피곤하지 않아서 밤이 새도록 추었다

〉
오~ 그때와 같이 성령의 체험을 다시 하고 싶고
밤이 새도록 성령 춤을 추고 싶다

고난 중에 주신 성령의 은혜

정필도 목사님은 고난 중에
은혜를 받고 성령의 체험도 여러 번 받았다

하나님은 고난 가운데 항상 은혜를
예비해서 축복으로 돌려주시는
참으로 너그러우신 사랑이시다

나의 삶 또한 가장 비참하고
괴로울 때 주님은 은혜를 베풀어 주셨다

아들을 먼저 하늘나라로 보내고 죽고 싶었을 때
교회 중보기도 팀에서 저를 데리고
미국에 있는 어느 기도원으로 갔고
저를 한가운데 앉혀놓고 둥글게 서서 기도팀은
제 머리에 손을 얹고 뜨겁게 통성으로 기도했다

제 눈에는 성령의 단비가 흘러내렸고
제 가슴속에는 인두 같은 것이 뜨겁게 돌면서
제 상처를 녹여 그 후 내 가슴에는
칼로 회를 치듯 한 통증이 사라진 것이다

어제도 오늘도 영원히 살아 운행하시는
아름다우신 성령님께 감사와 영광을 올려드리며
성령님 없이는 한순간도 살 수 없음을
나 역시 사랑의 은혜로 고백하고 싶네

오~ 성령이여! 능력의 중보기도여!
기도 없이 어떻게 살 수 있을까
단 하루도 못 살 것 같은 기도의 위대함이여
오~ 기도의 은밀한 신비여!

정필도 목사님처럼 입 다물고 무릎 꿇고
항상 기도하게 성령이여 도와주소서!

고난이 만드는 기회

정필도 목사님은 고난 속에서 비전을 생각했고
어려운 일이 있을 때마다 누굴 원망하기 전에
솔선수범하여 먼저 무릎 꿇고 기도했다

고난은 스스로 만족해하는 생각을 벗어나
자신의 참모습을 돌아보게 했다

고난은 우리가 기도하게 해주고
고난은 우리가 회개하게 해주고
고난은 우리가 겸손하게 해주고

고난은 우리가 용서하게 해주고
고난은 우리가 화해하게 해주고
고난은 우리가 이해하게 해주고

고난은 우리가 온유하게 해주고
고난은 우리가 은혜받게 해주고
고난은 우리가 화평하게 해주고

고난은 우리가 축복받게 해주고
고난은 우리가 사랑하게 해주고

고난은 우리가 성령님을 만나게 하고

하나님은 고난 속에 비전과 축복을
언제나 가득 잉태하고 계시는 분이시니
은혜 주시려고 참 인내를 가르쳐 주시는 걸까?

엎드리면 길이 보인다!

정필도 목사님은 그의 책에서
하나님의 인격은 서로 분리될 수 없고

말씀으로 세상을 창조하신 하나님이시고
말씀이 육신이 되어 세상에 오신 그리스도시고
창조주 하나님은 말씀하시는 하나님이시라고 했다

성육신하신 그리스도는 말씀이 인격이 되신 분이시고
기독교적 입장은 '말씀 중심성'과 '인격주의'를 통합하여
'말씀 중심적 인격주의'라고 표현하기도 하고

그리스도는 실재이고 아울러 진리이시고
무엇이 먼저인지를 고민할 필요가 없는 이유는
하나님의 일치 교리 때문이고
하나님 안에는 돌아서는 그림자가 없고
예수 그리스도는 스스로 있는 자이시고
동시에 그는 '길이요 진리요 생명' 이시니

정필도 목사님은 그의 설교를 통하여 이런 부활의
하나님을 만나는 것은 최고의 축복이라고 했네
엎드리면 길이 보인다! 기도하면 길이 열리니

부지런히 무릎을 접고 주님과 교제하라는 것이다
성령님은 우리와 교제하기를 원하시고
그 길은 기도로 열려있는 바다와 하늘길처럼 깊고 넓다

잔잔한 호수에 파문을 일으키는 돌이 된 것은
나의 기도의 그릇이 항상 빈 것이 문제이고
엎드리고 엎드려 매일 주님을 만나
나의 길을 물으면 되는 것이네
정필도 목사님의 본을 받아 무릎으로 길을 열어가면
그림자도 없으신 하나님은
우릴 도우려고 기다리고 계시는 것을

영적인 결핍이

정필도 목사님이 구체적으로 표현하는 것은
성도들이 평생 교회에 다니며 예배를 드리지만
주님을 만난 경험이 한 번도 없는 사람이 많고
주님을 만나지 못하고 사는 것이 문제라고 했네

주님을 만난 사람과 그렇지 않은 사람은
삶의 질이 하늘과 땅 차이라고 했다

그 사람이 목사든지 장로든지 직분은 중요하지 않고
주님을 만난 사람과 그렇지 않은 사람의 생각과 말과
행동, 삶의 목적과 자세와 가치관이 너무나 다르고
주님을 만난 사람들은 자원하여 주님을 위해 사는 것을
기쁨과 영광으로 알고, 행복한 생각으로 신앙생활을 하고

주님을 만나지 못한 사람들은 교회에 나와서
덕을 보려 하고, 자신의 유익을 위해 주님을 이용하려
하므로 평생 은혜를 받지 못하는 발바닥 신앙인이 되고

영적인 결핍이 없는 신앙생활을 하려면
필수적인 원리가 '주님을 만나야 합니다. 그러려면
진심으로 예수님을 영접해야 하며, 성령으로 거듭나야 합니다.

교회에 오지만 주님을 만나지 못한 사람들은 세상을
절대로 이기지 못합니다. 예수님은 지금도 살아 계십니다'

예수를 만나고 성령을 받아야만 영적인 결핍 없이
기쁨이 가득한 은혜로운 신앙생활을 하게 되는 것을
육이 매일 밥 먹듯이 영혼의 세포들이 강건하게
말씀을 듣고 읽고 기도로 깨끗하게 샤워를 해줘야지
간교한 사탄으로부터 벗어나 승리하게 된다 하셨네

어메이징 그레이스

해운대 수영로교회를 신축하는
거대한 프로젝트를 단 한 번의 기획된
자발적인 드림에 의하여 이루어졌다는 것은
정필도 목사님이 은혜를 강조하는 목회를 했다는 것을
보여준 중요한 단서이자 어메이징 그레이스였다

그는 당시 헌금을 작정하지 못하게 했고
억지로 작정하는 일만큼 어리석은 일이 없으니
기쁨이나 자원하는 마음 없이는 못 하게 했고
성전 건축을 위해서 교인들에게 부담이 돼서는
절대로 안 된다고 했다

아무리 주의 일이라도 자원함이 없이
목회자의 요구에 의한 억지 헌신은
교인들에게나 목회자에게도 옳지 못한 일이고
은혜가 되지 않는다고 말씀하셨다

교인들이 은혜받기 위해 믿음의 진보를 위해
뜨겁게 기도만 하자고 당부하셨다
아, 얼마나 지혜로운 결정이었던가
솔로몬의 지혜가 정필도 목사님께 임했던 것을

〉
정필도 목사님과 교인들의 뜨거운 눈물과
사랑의 무릎으로 세워진 수영로교회에서
얼마나 많은 아버지의 자녀들이 구원받고
은혜로운 신앙생활을 하고 있는가!

하나님의 그 크신 은혜로 세워진
성령님의 도우심 덕분에 세워진
정필도 목사님의 무릎으로 세워진
많은 신자들의 무릎과 열정으로 세워진

수영로교회는 그야말로 어메이징 그레이스다
어메이징 그레이스, 수영로교회는 은혜의 교회
예수 그리스도께 영원히 영광 올려드리는 교회가 되네

세상에서 가장 귀한 축복

정필도 목사님은 성도의 청지기 적 삶은
억지로 이루어지는 것이 아니고
오직 성령의 은혜를 체험한 자들로 인하여
넘치는 감사와 기쁨으로 이루어진다는 것을
누누이 지속적으로 강조하셨다

그가 추구한 것은 행복한 성도들로 형성된
행복한 교회이고 행복한 교회의 중심축에는
은혜를 받아 행복한 목회자가 있다는 사실로
행복한 성도, 행복한 교회, 행복한 목회자를
강조했고 성령 체험과 성령 충만을 은혜라 했다

성령 충만하면 삶에 늘 감사가 넘치고
성령 충만하면 삶의 목적이 달라지고
성령 충만하면 주님을 위해 즐겁게 십자가를 지고
성령 충만하면 삶의 우선순위가 달라지고

그러므로 은혜를 받은 사람들은
영적 감성이 거룩하게 변화되고
주님과 성도들을 향한 사랑을 품게 되고
흘러넘치는 기쁨과 감사로 주님을 따르고

그는 사랑이 모든 것의 최종적인 목표라는
한마디의 말로 이 원리를 정리해 주었다

세상에서 가장 소중한 축복은 은혜받음이고
세상에서 가장 소중한 체험은 성령받음이고
그러므로 우리는 주님의 나라를 경험하고 사는 것이다

사랑의 영이신 성령님

은혜를 받아 성령이 충만하면 거룩한
감성은 생각에 늘 감사와 평화가 넘치고
언행이 아름답고 마음은 비단결이 되네

아버지의 은혜와 사랑을 깨달은 사람은
아버지를 기뻐하고 즐거워하는 삶뿐 아니라
아버지를 사랑하고 그분을 위해 살고 싶고
아버지를 위해서는 죽음도 두렵지 않게 되리라

성령은 사랑의 영이시고
성령은 아름다운 영이시고
성령을 진짜 은혜로 받으면
마음과 물질을 귀하고 아름답게 흘려보내리라

사람들은 사랑이 많아지고
미운 사람이 없어지고
자꾸만 전도와 선교를 하고 싶어지고
늘 맑고 밝은 얼굴에는 성령의 꽃이 피고
은혜의 꽃이 피고 사랑의 꽃이 피어나

무지갯빛 컬러풀 한 우리 주님의 향기는

온몸에서 피어나 타인에게로 번지게 되리라
그대와 내가 기뻐서 하늘 춤을 추게 되리라

은혜를 받으면

우리가 두려워하는 근본 원인은
우리가 근심 걱정하는 이유는
우리가 마음에 평화가 없는 것은

우리가 은혜를 받지 못했기 때문이고
은혜를 받으면 절로 담대한 믿음이 생기고
담대한 믿음의 사람에게는 두려 울 것이 없고
문제가 있어도 마음에 평화가 넘쳐나는 것이다

은혜받은 사람은 예배 시간 기도 시간
성경 공부 시간이 즐겁기만 한 것이고
나아가 아버지의 일에 쓰임 받는 것을
영광으로 알고 기쁨으로 봉사하고 전도하네

이런 성도들이 많은 교회는 자연히 부흥하고
주님이 기뻐하시는 교회로 성장하게 되고
하나님은 당신의 기쁨이 어디에 있는지를 아시네

part 3

절망할 줄 모르는 기도의 여름

기도의 방

기도는 땅과 하늘이 맞닿은
통로의 연결이고
밝은 빛의 길이고
길이 없는 환한 길이다

조용한 골방에서 기도할 때
영의 눈이 열리고
창공의 음악이 은은히 퍼지어
그는 기도로 우주여행을 하듯

밤하늘의 별들도
그의 무릎 노래 들으며 기뻐서
눈부신 반응으로 반짝였고

그는 기도 안에서
아버지와 하나 되어
자신은 간데없고
오직 주님만 존재하셨다네

기도 삼단봉

정필도 목사님은 기도의 목사였고
다양한 자세로 기도했던
흔적들을 그의 기념관에서 만나게 되었다

저는 충격적인 감격을 끊임없이 받았고
설레는 가슴을 진정시킬 수 없었다

그는 기도의 삼단봉을
벽에 만들어 붙여놓고
목숨을 건 기도를 드렸다

삼단을 번갈아 잡으며
무릎을 꿇어 기도하고
하늘을 올려다보고 기도하고

아론과 훌의 도움받아 팔을 높이 들고
모세가 기도할 때 아말렉을 이겼듯이
정필도 목사님은 두 손을 높이 들고
죽으면 죽으리라는 기도를 올려 드렸다

목자의 끊임없는 무릎의 노래로

나무들은 푸른 숲으로 일어나고
꽃들은 온 색깔의 미소로 찬양하여

아버지 앞에 바람과 빛의 춤으로
때로는 파도처럼 물결의 찬양으로
영광과 감사를 올려 드리게 된 나날들

기도하는 의자

오랜 시간 기도하기 위해
제작한 브라운 나무 프레임의
밤색 가죽으로 된 의자

의자 양쪽 옆으로
단단한 기둥을 세우고
위로는 철봉 대 모양으로 가로놓여
버스나 지하철 손잡이처럼
손잡이 두 개가 매달려 있었다

몇 시간씩 오랫동안 무릎을 꿇고
기도하고 일어나려면 다리와
허리와 발이 저려와서
일어나기 불편할 때

허공에 매달린 두 손잡이는
정필도 목사님을 위해서 마치
사랑의 주님이 손을 잡아 주시는 듯
도움이 되어 일어날 수 있었으리라

성령님이 주신 지혜였을까?

화자는 지금껏 살아오면서
그런 기도의 도구는 처음 보았고

모세의 기도하는 팔이 못 내려오게
아론과 훌이 양쪽 팔을 잡고 있은 대신
정필도 목사님은 팔을 들고
기도하기 위해서 기도의 도구를
특별히 제작했으리라

아~ 하나님이 얼마나 기뻐했을까!
아~ 그는 또 얼마나 팔이 아팠을까!

기도하는 의자만이 알고 있으리라
기도하는 의자만이 눈물의 강줄기가
요동치며 흘러간 역사를 알 것이다

교회는 기도로 세워지고

문제가 있을 때마다 그는
무릎을 밀고 엎드리면 어떤 고민도
성령께서 기뻐하시며 해결해 주셨다

문제가 없을 때도 정필도 목사님은
습관적으로 무릎을 꿇고 교회와
성도들을 위해 기도를 지속해서 드렸다

은혜 홀에서 나오면 해운대 바다와 광안대교가 보이고
언제나 변함없이 그 자리에 있는 오륙도 섬들은
교회의 십자가를 바라보며 외롭지 않다고 했고
끊임없는 파도는 수영로교회로 밀려드는
성령의 거대한 바람과 물줄기로 느껴지기도 했다

바다처럼 성령의 물결은 끝없는 풍성함이고
성령님의 부드러운 속삭임은 은혜의 도움으로
모든 것을 합력하여 선을 이뤄가는 하나님이셨다

정필도 목사님의 머리와 가슴에는
부정적인 생각은 틈을 타지 못하도록
무릎만 꿇으면 어떤 어려움도 해결되었다

기도의 꽃은 계절도 필요로 하지 않으며 피었고
성령께 부르짖기만 하면 은혜의 꽃밭으로 펼쳐져
언제 어디서나 열매가 주렁주렁 열리는 축복이었다

은혜 못 받으면 시체다*

은혜의 비단옷 입으면
말씀은 입술의 꽃잎으로 피어나고
향기로 번지는 별빛 같은 축복이 되네

은혜 못 받으면 누덕누덕 헌 옷 입은 것처럼
몸에서 온갖 불평과 험담으로
타인들 눈의 티를 보며 살인하고

자기 눈의 들보를 깨닫지 못하는 죄로
일생을 살인 죄짓는 형국으로
살아가는 참으로 가엾은 존재들이 되겠네

은혜받으면 속사람과 겉 사람이
날로 새로워지고 새사람 되듯
아버지의 사랑과 창조의 능력으로
주검도 부활로 일어나는 천국이 되겠네

은혜 못 받으면 시체가 되고
은혜받으면 선장이신 우리 예수 그리스도
그분의 배를 타고 함께 항해하는
우리는 은혜의 비단옷 입은 영원한 생명체

〉
황홀한 빛의 손 잡고 춤추는 꽃구름처럼
천국에서 은혜의 축복 영원히 누리게 되리
4차원의 새 나라에서 찬란한 삶이 영원하겠네

* 故 정필도 목사님 설교 중에서

절망할 줄 모르는 기도

내가 먼저 절망하지 않는 한
기도는 절망할 줄 모르는 그분의 속삭임
기도는 사람의 잠재의식과 무의식 깊이
돌덩이처럼 저장이 되어 있기 때문이고

아무리 단단하고 여물어도
우리가 부르면 즉시 일어나 말을 잘 듣는
착함이고 순종도 으뜸으로 하는 기도이다

기도는 배신을 모르는 정직이고
시간을 바치면 바치는 만큼 기도는
결실과 대과를 돌려주는 기쁨이다

이 세상에는 공짜가 없다고 하듯이
기도는 양만큼 성령님이 기억하시고
축복을 주려고 기다리는 기도의 본질은
보화가 가득한 하늘 창고인 것을

절망할 줄 모르는 기도의 줄을 붙잡고
하늘 보화를 쟁취할 때까지 매달려보자
정필도 목사님의 기도를 본받아 은혜받고파라

무릎으로 세우는 기도

기도의 초점은 아버지의 뜻을
알기 위한 목적이 있어야 하고
주님의 마음과 온전히 맞닿아 있는
기도여야 한다고 강조했다

정필도 목사님은 기도는 응답받을 때까지
꾸준히 끈기 있게 해야 하고
하나님을 중심에 품고 울면서 기도할 때

순수한 마음을 가지고 뜨겁게 기도할 때
강청으로 진실하게 부르짖을 때
더 큰 믿음을 부르는 기도는
기도하면서 더 큰 믿음이 생성되고

응답보다 더 중요한 것은 기도를 통해
더 큰 믿음이 자라는 것이고
눈물로 예배당을 채우는 기도는
무릎이 성령의 손 잡고 춤추는 기도이다

박신실 사모님

언제나 그러하듯이
칭찬받을 자녀에게는
기도하는 어머니가 있고
훌륭한 남편 뒤에는
지혜로운 아내가 있듯

박신실 사모님은 기도하는 어머니이고
자랑스럽고 지혜로운 아내였다

한때는
교회의 유치부 아이들이
사랑으로 따르는 선생님이기도 했다

아내의 지혜와 무릎의 기도와 헌신 없이는
정필도 목사님은 성공한 목회를
하기에 힘이 들었을 것이다

정필도 목사님과
박신실 사모님은 서로 마주 앉아
두 손을 맞잡고 두 시간 넘게 매일
긴 기도를 눈물과 기쁨으로 드렸다

〉
정필도 목사님 없이
박신실 사모님이 없었을 것이고
박신실 사모님 없이
정필도 목사님도 없었을 것이다

하나님이 맺어준 그와 그녀는
이 세상의 모범이 되는 부부로서
아버지의 뜻을 사랑의 결실로 이루어드린
아름다운 화환처럼 모델이 되는 커플이고

사랑하는 남편 목사님을 먼저 보내드리고
그 아프고 쓸쓸하고 외로운 나날을 어떻게
견디고 계실지 먼저 경험한 나는 조금은 알기에
생각날 때마다 작은 위로를 기도로 보듬는다

하나님과 정필도 목사님이 영의 꽃다발로
마음의 치유로 허브향과 꽃향기를 부어
박신실 사모님이 은혜 가운데 지내시기를
봉헌의 기도로 위로를 전하고 싶다

지속적인 엎드림

정필도 목사님은 언제나
겸손히 엎드려 기도했다

지경을 넓혀가시는 하나님은 어느 날
니가 해? 내가 하지!
아버지의 일은 반대만 없으면
아무리 어려운 일도 다 되기 마련이다

하나님이 직접 일해 나가시니까
그는 다만 엎드려 기도만 하면 되었고
성령님과 손잡고 엎드림을 이어 가면
엎드림의 끝에는 어느새 열매가 맺혔고

그러므로 그는 엎드려 교회를 개척했고
엎드려 성도들을 은혜받게 했던 것이고
무릎 꿇은 지속적인 엎드림이
성령님의 도우심으로 오늘의
수영로교회를 은혜로 일으켜 세운 것이다

수영로교회의 장로들과 집사들 그리고
여리고 특공대 기도하는 권사님들과

야베스 선교단체 기도하는 청년들과
눈물로 엎드린 무릎은 벽돌처럼 쌓여서
교회의 주춧돌이 되고 기둥이 된 것이다

눈물과 무릎의 기도로 내린 튼실한 뿌리는
비바람 폭풍우에도 흔들리지 않고
거목으로 자라서 새들이 모여들어
하늘 향해 찬양 부르고 아버지는 기쁨을 누리시리

세 가지의 목회 정신

정필도 목사님의 목회 철학은
주님의 뜻대로 순종하고 세 가지의
원칙을 세워 긍정적으로 실천하면, 목회는
하나님이 하시는 일이 되는 것이라 믿었다

헌신은, 목회자가 황소처럼 전심전력으로 일하고
은혜는, 목회자 자신이 온전히 은혜 덩어리가 되고
사랑은, 사랑은 목회 현장의 최종적인 목표로서
하나님은 사랑의 사람을 쓰시게 되는 것이라 믿었다

그는 하나님이 주시면 하고 안 주면
못한다고 언제나 주님 앞에 정직하게 고백했고
그러므로 아버지는 그가 엎드린 자리에
흘러넘치는 은혜를 강물처럼 흐르게 축복하셨다

수영로교회는 기도의 강물이 흐르고
수영로교회는 은혜의 강물이 흐르고
수영로교회는 사랑의 강물이 흐르고
매일 땅끝으로 흘러가는 진리의 강인 것을

겸손의 기도

정필도 목사님은 말로 유산을 남겼고
목회자는 영혼을 품고 우는 사람이라고

눈물로 강단을 채워 겸손으로 기도하고
눈물의 호수로 교회를 성령이 흐르게 하고
눈물로 울부짖어 기도가 쌓이게 하고
성도들이 교회에서 은혜가 춤추게 하고

교회 문제가 생겼을 때 불평하지 않고
입 꼭 다물고 무릎 꿇고 기도만 했고
성령님의 손을 잡고 매달리기만 했네

아버지께서 해결하실 것을 믿고
겸손에 겸손을 더해 기도할 때
아버지의 크신 은혜가 부어지게 되고

온전히 전적으로 믿었을 때
성령의 역사는 흥왕케 되는 것임을

무릎 꿇은 필자의 기도

오래전 일이 무의식에 자리해 있다가
정필도 목사님의 무릎으로 기도하는
글을 엮다가 감정이 복받쳐 올랐다

우리 모자는 당시 LA 로벗슨교회를 섬겼고
박대희 담임목사님은 아들 폴 유빈을 아껴주셨고
저는 산타모니카에서 작은 규모의
아파트 건물을 소유하고 있었을 때 일이다

인종 차별이 심했던 백인들이 지붕을 칼로 찢고
온수통의 불을 꺼서 온수가 냉수로 쏟아지는 등
온갖 것으로 속을 썩이며 나를 괴롭힐 때
초등학생인 아들 폴의 손을 맞잡고 둘이서 무릎 꿇고
우리 아버지께 도와달라고 눈물로 매일 호소하며
기도했던 적이 생각나서 가슴이 아렸다

아들 폴은 유일한 엄마 편이 되어
내가 크면 절대로 엄마 고생 안 시킬 거야
밤마다 눈물 기도로 부르짖었던 우리 모자의 기도를
우리 아버지는 잊지 않으셨고 몇 년 후 우리를 괴롭혔던
백인 테넌트는 취중운전으로 큰 사고를 쳐서

경찰관이 찾아다녔는데, 세입자는 새벽에 도망을 갔고

늦은 응답이었지만 주님은 우리의 기도를 들어주셨고
그때의 고생했던 일들이 떠올라 아들에게 죄인이고,
그때 함께 했던 어린 아들은 사고로 하늘나라에 먼저 갔고
그곳에서 엄마가 보고 싶다고 엄마를 기다리고 있겠지만,

하나님 우편에 주님이 계시고!
성령님은 어디에 계실까?
우리 아들 Paul Lee는 어디에 있을까?
나의 꿈은 새 하늘에 있고 그곳에 가면 알게 되리라~

화자의 특별 감사헌금

서울대학교 기숙사에서 아들 폴이
감전사로 세상을 떠난 그 주일
감사헌금을 강대상에 올려드렸는데

故 박대희 목사님이 당신이 수십 년
목회 경험이 있지만 이런 감사헌금은
처음이라고, 평소 폴에 대한 애정이
특별했던 목사님은 슬픈 목소리로
그 주일 설교 제목을 즉석에서 바꾸셨고

그날 아침 설교는 눈물바다로
평소 폴이 교회와 학교와 사회에서 선한 일했던
소년 산타클로스의 스토리가 설교로 교체되었고

온 교회 안에서 훌쩍거리는
눈물의 찬송가가 은혜로 출렁거려
나는 멍청해서 아들 따라가고만 싶었네

그때 나는 내가 한 일들을 알 수 없었고
아들 떠나보내고 무슨 마음으로
특별 감사헌금을 올렸는지를

아버지만은 알고 계시리라 믿어지네

지금도 나는 그때의 일을 알 수가 없고
무슨 마음으로 감사헌금을 드렸는지
오직 내 안의 성령님만 알 수 있으나
성령님은 지금도 침묵만 지키시네^^

정필도 목사와 폴 리

정필도 목사님의 책을 읽고
설교를 들으면서 저는
폴 리를 자주 생각하게 되었다

정필도 목사님은 초등학교 6학년 때
하나님을 뜨겁게 만나서 전도했고
폴 리는 초등학교 때부터
불쌍한 사람들 돕는 일을 기쁨으로 했고

중학생이 되고부터는 아르바이트로
발생한 수입을 모아서
추수감사절과 크리스마스 때가 되면
LA의 노숙자들을 위해 담요와 컵라면을
수백 박스씩 준비하여 나누어주는 일을 했다

엄마가 궁금해서 아들에게 물었더니
교회에서 성경공부시간에 배웠다고 했다

마태복음 25장 40절 말씀에
'지극히 작은 자 하나에게 한 것이 곧
내게 한 것이니라'

하신 말씀에 감동되어 주님을 기쁘게
해드리고 싶어서라고 했었다

정필도 목사님이 폴 리 같은 학생을
만나면 얼마나 기뻐하실까 싶었다
마치 본인의 젊은 시절이 생각나시겠지
하나님을 기쁘게 해드리고 싶다는
생각과 말과 행동의 뜻이 동의어니까 말이다

폴, 하늘나라에서 가능하면 그곳에서
정필도 목사님을 꼭 찾아뵙고
인사드리면 너무나 기뻐하실 거야
엄마도 곧 그곳으로 가게 될 거야
그때 엄마랑 함께 목사님을 또 찾아뵙자

태양 위에 소망이 있는 생각을 하니
엄마가 오늘 참 기쁘고 행복하구나!

첫사랑이 회복되었네

교회의 마당만 밟고 다녔던 엄마가
폴 너를 하늘나라로 보내고
슬픔 속에서 헤어나지 못하고 있을 때

박대희 목사님과 사모님이 우리 집에 와서
위로의 기도를 해주셨고
남순봉 할머니가 영락교회로 데리고 가면
교회에 다니겠다고 해서 폴 네게 소홀히 하면서
할머니를 전도하려고 나성영락교회로
일 년 이상 모셔다드리게 되었지

영락교회 박희민 목사님 내외분을 그때 알게 되었고
우리 집 소식을 알게 된 목사님 부부는
내 친구와 함께 부조금 봉투를 들고 심방을 오셨지

그 후 박희민 목사님의 추천으로
영락교회의 뜨레스디아스 프로그램에
참여해서 예수님을 뜨겁게 만나면서
밤낮으로 회개의 시간을 눈물로 보냈지

성당에 다녔던 엄마를 네가

교회로 가자고 졸랐고, 영성체가 자주 없는
예배가 늘 허전해서 엄마는 형식적인 신자였지

폴, 정말 고마워 엄마 이젠 하나님 아버지의
말씀과 찬양, 기도와 예배 없이는 못 살 것 같아
어머니 품속 같은 수영로교회에서 은혜로운
말씀을 이규현 목사님으로부터 들으면서
엄마의 깊은 상처는 치유가 되었으니 말이다

캘리포니아 빅베어 산장에서 만났던 예수님을
수영로 교회에서 엄마의 첫사랑이 회복되었고
10월 15일 23년, 세례받고 주님의 새신부가 되었네
그분의 말씀으로 맺은 언약이 첫사랑 찾아 영원하리
할렐루야! 할렐루야! 할렐루야! 아멘!

입 다물고 무릎 꿇어라 Lisa Lee

part 4

이웃에게 세계로 은혜의 가을

엘레브 선교센터

정필도 목사님의 비전은 참으로 컸고
2009년 8월에는 선교센터를 오픈해서
젊은이들이 자유롭게 모여서 이웃과
세계로 지향하는 선교활동을 할 수 있도록
엘레브 선교센터를 리모델링하여 개관했네

캬바레와 술집이 있었던 마이다스 호텔을
깨끗한 아버지의 집으로 정리하기까지
조폭들의 행패와 수많은 고난을 정 목사님은
술집이 변하여 교회가 되게 해주시고
절간이 변하여 기도원이 되게 해주시고
무릎이 닳도록 기도로 승리하게 되었네

정필도 목사님과 성도들은 합심하여
아버지의 뜻을 이루어드리기 위해 부산을 시작으로
복음화 운동과 민족과 세계를 향한
꿈을 갖고 끊임없이 엎드려 기도하면서

하나님의 다섯 가지 훈련으로
기도와 심방 금식과 회개
그리고 자기 부인을 위해 기도했네

〉

정필도 목사님은 무릎으로 강단을 지켰고
강줄기 같은 눈물로 강단을 채워나가며
부산과 민족과 세계의 복음을 생각했고

말씀과 묵상으로 낮을 밤으로
시간 속에 자신이 녹아들도록
밤을 낮으로 밝히며 무릎 꿇고 기도했네

모래알 같이 쌓인 기도의 불 화산과
파도와 같은 성령의 물결로 수영로교회의
가을은 내일을 위한 푸른 성장을 멈추지 않고
주님의 장성까지 자라가고 있네

엘레브 선교센터는 참으로 유용하게 여러 가지로 사용되어
유스그룹 예배 홀, 페트라 홀 영어예배, 베트남어 예배의 홀
외국인 의료봉사, 러시아어 예배 및 컨퍼런스 홀, KFC 외국
인 주교
　문화전시 홀 겸 세미나실, 국제사역국 겸 기도실, 몽골어 예
배 겸 세미나실
　엘레브 세계선교회, 행정본부 겸 회의실, 게스트하우스, 조
찬기도회 겸 친교실

참으로 다양하게 은혜로 사용되고 있었네

부산에서 열린 제18회 동북아기독교작가회의 때도
러시아어 예배실을 무료로 사용할 수 있게 빌려주었고,
일본에서 온 작가들과 타지역에서 온 작가들도
편리하게 게스트하우스에서 머물 수 있었고,
KOSTA WORLD에 참여한 전국에서 온 청년들
대부분도 게스트하우스에서 지낼 수 있었네

우리는 수영로교회와 담임목사인 이규현 목사님께 감사를
드렸고
엘레브 선교센터를 마련해주신 깊은 뜻의
故 정필도 목사님께 주님의 이름으로 감사를 드렸네

무릎의 길을 찾아서

철모르는 가슴이 나부대어
준비도 없이 시작한 정필도 목사님에 대한
생애를 엮는 글은 쓸수록 얼마나 힘이 드는지

정필도 목사님의 훌륭한 신앙을 담고파
그의 흔적을 찾아가던 중
『교회는 무릎으로 세워진다』를 읽고
엎드리면 길이 보인다!
엎드리면 정말 길이 보일까?

정필도 목사님의 말씀을 실천하기 위해
침대 끝에 두꺼운 방석을 놓고
아침저녁으로 무릎 꿇고 엎드려서
기도를 드려도 글의 길은 제대로
열리지 않고 한숨만 쏟아져 나왔네

한숨 대신 방언 기도가 터지면
기도를 더 길게 할 수 있다는데
엎드려도 글의 길은 열리질 않고
가슴엔 먹구름만 눈앞을 덮었네

실력도 재능도 없이 목사님의 생애를 감히
감격으로 시작한 자신을 탓하면서
아무런 준비가 없어서일까?
기도의 그릇이 차지 않아서일까?

다른 길을 찾아보기로 하고
하늘을 올려다보고 있을 때
흰 구름 길이 동쪽으로 뻗어있었네

감림산 기도원으로

믿음이 좋은 임이, 재종을 부추겨
감림산 기도원에 가자고 꼬드겼는데
조카는 자기도 기도해야만 해결될 중요한
문제가 있다고 쾌히 승낙했네

재종은 나를 위해서 대구에서 왔고
동생이 라이드해서 부산에서 양산의
감림산 기도원까지 태워다 주었네

하룻저녁만 밤을 새워서라도
정필도 목사님처럼 죽기 살기로 기도하고
응답받고 다음 날 돌아오기로 했네

가는 날이 장날이라 했던가?
감림산 기도원에서 만난 주영분 전도사님의
추천으로 갑자기 영성훈련에 참여하게 되었고
하나님의 축복도 도적같이 오는가 싶었네

주영분 전도사님을 통해 들었네
정필도 목사님이 감림산 기도원에서
설교하실 때 은혜 못 받은 사람이 없었고

박신실 사모님이 목회자 사모님들을 위해
간증 집회했을 때도 큰 은혜 받았다고 했네

3박 4일 동안 새벽부터 늦은 밤까지
계속되는 말씀과 기도, 찬양과 간증 등
모든 것이 은혜로 베풀어진 그분의 잔치였네

주님은 우리를 위해 어마어마한
은혜의 선물을 잔뜩 예비해 놓으시고
서프라이즈 파티를 해주신 것 같아
감동의 물결이 마음에서 흘러넘치게 되었네

감사와 눈물의 성찬식

감림산 기도원은
성령님이 거하시는 곳인가?
새벽기도로 회개할 때 방언의 선물로
눈물의 기도를 자꾸자꾸 보태게 하시더니

십자가의 주님이 찢어진 살과 피로
죄의 몸과 마음을 회개시켜 구원해 주신
예수 그리스도를 연상하게 되자
눈물 콧물이 범벅으로 어린아이가 되어
통곡의 울음보가 폭포수처럼 쏟아졌고

정필도 목사님이 가르쳐 주신 기도
오늘은 입 다물고 무릎을 꿇을 수가 없었네

은혜를 입어 입 다물고 사랑할 수가 없었고
은혜를 입어 입 다물고 감사할 수가 없었고
은혜를 입어 입 다물고 기도할 수가 없었고

오늘은 특별히 입을 열고 주님께 감사했고
오늘은 특별히 입을 열고 주님을 사랑했고
오늘은 특별히 입을 열고 큰소리로 기도했고

〉

통곡의 성찬식은 사랑하는 우리 주님께
감사의 기도를 올려드린 특별한 날이었네

미국에서 만났던 첫사랑 주님을 다시 만나
가슴 설레고 다시는 주님 손 놓지 않게
성령님께 기도하니 눈물이 나를 지웠고
나는 온전히 그분의 것으로 다시 태어났고

Washing of the Feet

예수님은 우리의 구원을 위해
목숨까지 아낌없이 내어 주셨고
최상의 표현인 사랑을 어떻게 할 수 있는가
손수 제자들의 발을 씻으며 가르쳐 주셨네

정필도 목사님도 발 씻음의 기도를 받아보셨을까?
정필도 목사님도 제자의 발을 씻어주셨을까?
나의 발을 잡고 눈물로 기도한 SYS 그녀는
나의 양쪽 발가락에 입맞춤하며 기도하네

예수님이 아니면 누가 발에 입맞춤할 수 있을까?
내 더럽고 불결한 죄의 발을 깨끗이 씻고 닦아서
새로 준비한 흰 양말을 신겨주신 천사 같은 그녀
그보다 더 큰 사랑을 나는 받아 본 적이 없었고

예수님을 대신해서 내 발을 씻고 입맞춤해준
그녀를 나는 그 순간 예수님이라 불렀네
예수님이 내게 오셔서 발을 씻어주신 것 같은
아버지의 크신 사랑을 체험했기 때문이네

영원히 추억 속에 보관하고 싶은

주님으로부터 배우고 받은 특별한 사랑이었고
나는 주님을 부둥켜안고 통곡했네

주님 다시는 제가 주님 품을 떠나지 못하게
강아지 목줄처럼 붙잡아 수시로 당기면서
당신 손을 떠나지 못하게 하소서

부산과 민족 그리고 세계복음화

정필도 목사님은 부산의 복음화와
민족과 세계의 복음화를 위해
주여 고쳐 주소서, 주여 고쳐 주소서,
주여 고쳐 주소서, 무엇을 얻기 위한 기도가
아닌 오직 회개하는 부산이 되게 하소서!

그는 기도의 기초 위에 세워진 연합하는
부산이 되고 뻗어가는 성시화운동으로
부산에서 밀고 올라가서 땅끝까지
민족과 세계의 복음화를 위해 기도하네

그러므로 작은 교회들을 지원해주고
일터마다 사역팀을 후원해주고
매년 사랑의 쌀 나누기 행사 등을 진행하고
농어촌의 일손을 도와주고 하셨네

전국에서 일어나는 재난과 재해 지역으로
후원금과 봉사팀을 파견하고
아버지의 사랑으로 이웃부터 시작해서
땅끝까지 세계를 품는 그런 복음운동으로
하나님의 나라가 이 땅에 온전히 세워지기를 꿈꾸었네

〉
부산의 성시화운동을 위해서는
먼저 회개하는 부산이 되어야만 하기에
정필도 목사님은 믿음의 성도들과 함께
회개의 기도를 시작으로 무릎으로 일을 시작했네

아부라야마 샬롬교회

교육센터 1층 로비에
故 정필도 목사님 1주기
전시관에 가서 한 장면 장면마다
묵상하는 마음에 감격이 일어나
목사님의 신앙관을
존경과 감사로 배우고 싶었다

일본 규슈와 여러 곳의 선교 때
정필도 목사님의 말씀을 듣고
아부라야마 샬롬교회와 다른 지역의 신자들이
성령 충만해서 새로 태어난 것처럼
간증하는 모습을 보면서

한 사람의 올곧은 리드가
부산을 복음화시키고
민족을 복음화시키고
세계로 지향해 복음을 전하는
그 씨앗은 주의 뜻을 품었고

날개가 자라서 주의 복음이
바다를 덮고 땅끝까지 전해져

성령의 꽃이 만발하여
잘 익은 주의 열매가 수없이 영글어가는
모습에서 하나님의 기쁨을 볼 수 있었네

LA 동양선교교회에서

정필도 목사님을 처음 만난 곳은
2011년 로스앤젤레스 한인타운에 있는
동양선교교회 부흥회 때였다

정필도 목사님은 당시 우리 교회에
부흥강사로 초청받아 오셨고

당시 담임 목사였던 강준민 목사님이
정필도 목사님을 소개하려던 순간
교회 장로들이 교단으로 올라가서
강준민 목사님을 강대상에서 몰아냈던
슬픈 기억이 생생히 떠오르며 화가 치밀었네

교회와 주님의 큰 잔치 부흥회에
외부의 강사 목사님을 초청해 놓고
그 앞에서 그런 추한 모습을 보인 그때의 장로들이
나의 상식으로는 이해가 가지 않았다

정필도 목사님은 아무 말도 못 했고
그날 부흥회는 무산이 되었고
교인들은 아쉬움과 괴로운 맘이었고

정필도 목사님의 명설교를 방해하는
사탄의 음모로 교인들은 실망했고
그다음 주 우리는 강준민 목사님을
보호하려고 법정에 가서 호소했네

강준민 목사님 생각이 떠오르자
교회 분쟁으로 마음 아픈 일도 있었지만
저에게는 좋은 일이 더 기억에 많았네

독서지도사 반과 독서코치 프로그램에서
제가 봉사했을 때와 맥시코 크루즈에서
사영리를 들고 홀로 전도를 갔을 때와
내 수필집에 평도 써주셨던 강준민 목사님

한국일보 미주지사를 통해 제가
작가로 등단했을 때 가장 많이 기쁘게
축하해 주신 분도 강준민 목사님이셨고
정필도 목사님과 강준민 목사님은
하나님 안에서 형제처럼 의좋은 관계였네

그 후 오랜 세월이 지나서

제가 한국으로 영구귀국해서
해운대 수영로교회의 성도가 되어
정필도 목사님을 다시 만나게 된 것이
제1주기 추모 기념관에서였다

그 만남이 깊은 감동으로 이어져
제 가슴에 알레그로로 치솟은 울림이
서적과 설교와 교인들의 입술을 통해
정필도 목사님의 신앙의 삶을 엮게 되었네

다시 만났고, 다시 엎드리고, 다시 전하리
은혜 못 받는 시체가 되지 않고 싶었네
입 다물고 무릎 꿇는 성실한 성도가 되어
정필도 목사님과 이규현 목사님의 신앙을 닮아
주님께 순종하며 살고 싶었네

태국의 여성 지도자들 모임

태국에서는 여성 지도자들이
처음으로 한자리에 모였다고 했네

아버지의 뜨거운 사랑과 은혜를
몸과 마음으로 체험한 그들은
교회와 온 가정에 전해야겠다고
결의를 보이기도 했네

그들은 생각 속에 항상 하나님을 모시고
말씀에 따라 실천하고 사는 것이
절대적이란 것을 깨달았다고 했네

정필도 목사님의 설교를 듣고
끝까지 기도 하는 것이 얼마나
중요한 일인지 알게 되었다고
배운 것을 실천하겠다고 다짐을 보였네

우리 아버지는 얼마나 기뻐하셨을까?
하늘에서의 잔치가 이 땅에도 넘치고
정필도 목사님은 영혼의 충만으로
몸의 고됨을 인내할 수 있었네

미국과 독일, 이태리에서

미국 한인 은혜교회의 부흥회 때는
많은 신도가 은혜를 받았고, 그중
제가 아는 장로님과 권사님 부부가
해운대로 여행했을 때 주일 예배를
수영로교회에서 드리게 되었네

성령께서 임재하는 교회
말씀이 너무나 은혜로워서 은퇴 후
친구들 부부와 함께 영구귀국해서
근교 아파트에 살면서 삶의 마지막을
은혜 넘치는 수영로교회에서 아버지를 섬기다가
주님 곁으로 가고 싶다고 간증했네

독일의 교회에서도 정필도 목사님을
초청해서 컨프런스 갖기를 원했고

이태리 집회 때는 집회가 축복 속에 끝나면
성도들이 각자의 집으로 서로 초대하려 했고
밀라노 저택에 사는 이영림 성도는
정필도 목사님과 박신실 사모님을 자기가
섬기는 교회 목사님 내외분과 함께 댁으로

초대해서 손수 음식을 만들어 대접하기도 했네

외국을 많이 다니면서 성공해서 잘 사는
성도들이 교회에 헌신하는 모습을 보면
목사님과 사모님은 기뻤고 흐뭇해하셨네

그러나 고난 속에 있는 신자들을 만나면
마치 친정 부모의 마음으로 그들을 보듬었고
정필도 목사님과 사모님은 함께 아파하며
당신의 자녀들을 위한 기도를 해 드렸네

인도네시아 집회에서

정필도 목사님은
가난한 인도네시아 사람들이
한결같이 밝고 행복해하는 얼굴로
예수 그리스도를 단순하게 받아들이는
모습을 보면서 칭찬해 주고 싶었다

그들이 믿고 받아들일 수 있도록
정필도 목사님은 쉬운 설교로
말씀의 능력을 도서관처럼 저장해 계셨다

어찌하여 가난한 나라 사람들이
그렇게 기뻐하고 즐거워하는지
예수를 영접하고 구원의 확신으로
그들은 온몸으로 성령의 춤을 추었다

아는 선교사를 따라 네팔에 갔을 때
맨발의 소년들이 나마스테로 인사하는
얼굴들이 꽃보다 더 밝고 행복해 보였다

소년들은 마니차를 돌리면서
웃고들 있었는데 무엇이 그들을

그렇게 신나게 했을까 궁금했었다

가난한 나라 사람들의 행복지수가 높은
이유는 DNA 문제가 아닐까 싶어서
나는 혼자서 생각해 보았다

우리나라 국민은 참 잘 살고
예수도 열정적으로 믿는 편인데
그런데 왜 행복의 지수는 낮은 것일까?

행복지수는 부와 가난에 있지 않은 것을
행복과 은혜는 나와 하나님과의 관계가 아닐까?
우리 아버지의 길과 진리와 생명의 사랑으로
모두가 행복했으면 얼마나 좋을까 말이다

미얀마, 라오스, 캄보디아

가난한 나라 사람들이 밝고 맑고
행복지수가 다른 나라 사람들보다 높지만
우상을 믿는 사람들이 대부분이었네

그들은 세미나를 통해서
우상을 없애고 하나님의 나라가 세워지게
기도해 달라고 간곡한 부탁을 했네

정필도 목사님은 80세 연세에도
저렇게 열정적으로 사역하시는데
캄보디아 여인인 그녀는
자기는 65세인데 이제부터 열심히
하나님의 사역을 해야겠다고 간증했네

그녀는 캄보디아인이지만 자기의 나라
캄보디아를 사랑한 적이 없다고 했네
자기 나라에 살면서 자기 나라를
사랑할 수 없음은 참으로 안타까운 일이었네

정필도 목사님은 제삼국을 다니며
가난과 우상숭배가 많은 나라를

예수의 이름으로 구원하기 위해서

피곤과 불편함과 고생을 감당하고
아버지를 기쁘시게 하는 일에는
위험도 무릅쓰고 다니면서 복음을 전했네

아버지를 기쁘시게 하는 구원의 일은
정필도 목사님께도 참된 기쁨이었고
삶의 멋과 맛이 버무려진 그런 의미였다

인도의 성시화대회

정필도 목사님의 엎드림 기도를
따라서 실천했더니 6년 만에
여러 도시에서 6개의 교회가
개척됐다고 기뻐들 했네

치앙라이뿐만 아니라 다른
도시에서도 개척과 부흥이 일어났고

3일간의 세미나를 통해서
은혜받고 큰 변화가 일어나
기적처럼 새로운 결의를 하게 됐다고

정필도 목사님은 그들의
영적 아버지이고 최고의 강사를
보내 주신 성령님께 깊이 감사했고

정필도 목사님은 그들의 변화와
하나님이 기뻐하실 것을 생각하면
피곤해도 피로한 줄 몰랐네

오히려 피곤하고 힘든 무게만큼

의미와 은혜도 배가되었고
아버지도 크게 기뻐하시는 것 같았네

불가리아 세미나에서

그들의 질문에 답이 되어주신
하나님에 대해 정필도 목사님으로부터
궁금했던 것에 온전한 답을 들었다고 했네

정필도 목사님을 만나니 마치
세례 요한을 만난 것 같다고 하네
세미나를 통해서 그동안 궁금했던 것들이
이해가 되었다고 좋아들 하며 기뻐했네

주님 다음으로 정필도 목사님이 좋고
마치 성령님이 오신 것 같았고
메마른 영혼을 촉촉이 적셔주었다고

이번 컨프런스를 준비하는 동안 역사이래
이렇게 단합이 잘 된 적이 없었다고 하네

2019년 불가리아와 동유럽 목회자 세미나에서
응답받을 기대를 하며 기도 하겠다고 밝혔네

슬리벤과 소피아 동유럽 사모코프 교회에서
정필도 목사님을 모실 소망으로 그들은

주님처럼 목사님의 말씀을 갈급해하고 있었네

정필도 목사님은 수영로교회 담임 목회자로서
은퇴하신 이후 더 바쁘게 온 세계가
목사님의 사역 장소가 된 것 같았네
기뻐하시는 아버지의 미소는 늘 파란 하늘이었네

은혜의 중국에서

2011년 정필도 목사님이 은퇴하기 전부터
중국에 와서 말씀을 전해달라는
공식적으로 허가된 교회의 초청을 받았고

당시 누구도 초청받은 적이 없을 때
두려운 생각도 들었으나, 하나님의 뜻으로 믿고
정필도 목사님은 중국에 가서 말씀을 전했네

은퇴 후로는 10년 동안 중국으로 가서
공식적으로 인정해 주는 9개의 교회에서
수십 차례로 오가며 그분의 말씀을 사랑으로
믿음으로 아버지의 뜻을 전해 드렸네

내가 침을 맞으러 다니는 곳에는
이북에서 온 환자가 있었는데
그곳 지하교회에서 하는 말이
이남에 가면 꼭 부산에 있는 수영로교회를
찾아가서 출석하라는 말을 들었다고 했네

수영로교회는 소문난 것 이상으로
올곧은 리드, 故 정필도 목사님과

이규현 목사님이 성령님의 임재 안에서
우리 아버지의 은혜로 자라가기를 열정으로
무릎이 닳도록 기도하고, 기도하기에

사회주의 나라 중국에서도 공식적으로
초청해서 그분의 말씀을 전할 수 있는 게
모두가 아버지의 은혜인 것을 믿을 수 있었다

Holy City Kolkata

인도의 콜카타는 일명 죽음의 도시이고
또한 타고르와 마더 테레사의 도시라고
불리어지기도 한다는 곳이다

힌두교 가정에서 태어난 한 여성 목자가
예수를 믿기 어려운 환경에서
인도 여성들을 목회하면서 너무나 지쳐서
그만두려고 했을 때였다

한국에서 정필도 목사님이 오셔서
세미나를 통해서 큰 은혜를 주셔서
다시 힘을 얻었다고 간증했다

그녀의 소망은 믿음이 없는
사람들 가운데서 시험을 당당히 이기고
복음을 잘 전할 수 있도록 기도해
주기를 간절히 부탁한 것이다

하나님의 크신 은혜와 축복이
우리의 이웃에서부터 전 세계로 번지어
정필도 목사님이 뿌리신 사랑의 선교가

이 지구 구석구석에 번지어 나아가서

우리 아버지의 나라가 하늘에서와 같이
이 땅에서도 온전히 세워지길 기도와 간구로
풍요롭게 추수하는 은혜의 가을이 되길

온 세계에 뿔뿔이 흩어져 있는
주님의 가족은 헌신의 사계절을 기쁨과
은혜로 살아가길 축복의 기도로 무릎을 꿇는다

러시아, 우크라이나, 베트남

러시아인들은 사도 바울을 통해
하나님의 말씀을 전해 들었지만
믿음이 불투명했다고 했네

우크라이나인들은
정필도 목사님을 통해서 배우게 된
성령님께서 큰 깨달음과 힘을 주셨다고

그리고 정필도 목사님의 삶을 통해서
실제로 살아 역사하시는
성령님을 만나서 기쁘다고들 했네

베트남 호치민에서 성시화 집회 때
성령의 강한 임재와 인도하심에
큰 은혜를 받아서 성령 충만했다고
그곳의 성도가 뜨거운 간증을 나누었고

정필도 목사님은 기후와 음식이
다른 제삼국을 다니면서 어떻게
견디어 내셨는지 상상이 가지 않았지만
기뻐하실 아버지를 생각하지 않았을까 싶네

입 다물고 무릎 꿇으라

말로서 몰아치는 폭풍이
푸른 나무들 상처를 입히네

말들이 불러오는 스나미로
상처 입은 나무들 쓰러지네

조용히 엎드려 간구하니
무릎에 겨자씨가 자라네

입 다물고 기도로 아뢰니
혀에 찬란한 무지개 꿈 피어나네

묵상은 황금 호수로 깊어지고
무릎에는 흰 날개가 자라네

입 다물고 무릎 꿇은 고백으로
아버지의 영광이 온 우주에 꽃피네

엎드리면 보이는 길

무릎 꿇고 엎드려 회개하니
하늘 손이 은혜로 내려와서
그대의 등을 토닥여주시네

응답을 기다리는 기도 안에
환하게 빛으로 열린 그 한 길
오직 그 길로만 가라 하시네

그 길은 말씀의 길이고
그 길은 진리의 길이고
그 길은 생명의 길이고

오직 그 길로만 가라 하시네
오직 그 사랑만 하라 하시네
오직 그 은혜로 살라 하시네

내가(화자)가 죽어야 성령이 살고

나는 자아가 강하여
성령이 나를 가까이하지 않고
기도가 나를 노동처럼 힘들게 했네

내가 사탄을 데리고
블랙홀로 다이빙했더니
보혜사 성령님이 나를 살리셨네

죽은 나의 육신 위로
하얀 성령의 꽃 곱게 피어났고
나는 그분의 나라에서 다시 태어났네

나는 주님과 정혼했네! (부산 서면성당에서)
나는 주님과 약혼했네! (프랑스 루르드 침례)
나는 주님과 결혼했네! (부산 수영로교회에서)

성령의 꽃밭, 내 마음 밭 가꾸어
성령의 꽃 깨끗하게 자라게 하여
보혜사 성령님 말씀 따라 살겠네

교회는 무릎으로 세워지고

언어는 하늘로 수행업무 보내고
가슴엔 교회를 품었네
무릎으로 기도해야만 교회가 숨쉬고

기도하는 목사님과
기도하는 성도님이
합심하여 눈물 꽃 바치는 성정으로

아름다운 교회가 이루어지고
여호와 닛시 하나님의 승리는
교회의 승리고 성도의 승리인 것을

교회는 무릎으로 세워지고
교회는 말씀으로 장성하고
교회는 엎드리며 자라가고

무엇을 하든지 은혜가 되게

교회나 선교지에서
사역하거나 이웃을 돕거나
무엇을 하든지 미소와 감사로 해야만

그분께서 기뻐하시고 쓰임을 받는
자신도 보람과 의미로
기쁨의 소명召命이 되는 것을

무엇보다 선교비나 헌금 문제는
스스로 기쁨과 감사함으로 하니
은혜는 넘치도록 충만해지고

그분이 주시는 축복으로
감사와 사랑으로 흘러넘치는 기쁨
그 열매는 하늘 과일처럼 달콤하고

당신의 소원은 그분의 뜻대로

연단의 과정을 통해서 깨달은 것은
당신은 힘을 빼고 성령님께 기대어
아버지께 모든 것을 의탁하여 맡기고

힘들고 어려운 순간이 찾아올 때마다
누군가를 찾거나 도움을 청하지 않고
그는, 그분에게 맡기어 엎드렸고

자기의 능력으로 사는 게 아니라
오직 아버지의 인도하심을 따라
당신의 사명은 그분의 뜻에 있는 것을

당신의 존재는 살든지 죽든지 오직
아버지의 말씀대로 사는 것이었고
아버지의 뜻대로 사는 것이 참 기쁨인 것을

무릎으로 가는 길이 빠른 길

밀물처럼 밀려오는
말로 할 수 없는 엄청난 문제들
사람으로 해결하기 힘든 일들을

아버지 앞에 먼저 엎드리고
무릎 꿇어 죽을힘을 다해
기도로 매달려 밤을 밝히니

문제 해결은 거짓말처럼
응답의 썰물로 밀려 나가
흔적 없이 바다가 삼켜버렸네

무릎으로 가는 길이
가장 빠른 길인 것을 그분이
빛으로 인도하신 길이었네

절망을 모르는 기도

기도로 살아가는 사람은
절망이 오면 감사할 줄 알고
고난 뒤에 올 팔복을 묵상하네

바른 길이 아니면 막아주시고
옳은 길이면 무릎으로 기다리어
없는 길도 만들어 내는 기도는 그분의 능력

광야에 길을 만드시는 당신
사막에 강줄기를 내어 주시는 당신
간구하고 맡겨드리면 해결해 주셨네

당신의 열정은 절망을 몰랐고
기도하는 자의 검색창에는
절망이란 이름의 글자가 삭제되었네

진정한 부흥은 기도 부흥에서

기도가 역사를 만들어가고
기도가 교회를 조각해가고
기도가 부흥을 일으켜가고

모든 것의 건축은 기도이고
모든 것의 사랑은 기도이고
모든 것의 본질은 기도이고

땅의 것이 하늘로 이어지는
그 위대한 묵상도 기도이고
그 위대한 구원도 기도이고

그 뜨거운 부흥도 기도이고
그 침묵의 간구도 기도이고
그 찬란한 부활도 기도이고

은혜 못 받으면 시체다[*]

교인이 은혜 못 받으면
교회에 다니는 것이
재미가 없어 의무만 무겁고

헌금 내는 것도 아깝게 느껴져
모든 지출이 스트레스가 되고
어떤 프로그램도 흥미가 없어져

아는 교우들도 피하고 싶고
아이들 때문에 억지로 나가지만
결국은 교회도 나가기 꺼려지고

홀로의 섬으로 피신 가고픈
그런 상황은 스스로 판 무덤이 되고
교회 생활은 은혜가 필수인데

말씀과 예배와 기도를 통해서
은혜의 동산에서 찬양으로 노래 부르고
은혜의 바다에서 성령으로 춤추고

은혜란 단어를 가지고

은혜란 이름을 부르며
은혜와 친해져 늘 함께 놀면

은혜를 못 받는 시체 같은 시간도
사랑으로 축복받는 은혜가 되리라

* 故 정필도 목사님 설교에서

기도의 눈물이 차야만

눈물은 웃음보다 위대하다
눈물은 병든 세포마다
깨끗이 샤워시켜 재생하게 하고

눈물이 기도의 양을 채우면
관계가 유연해지기도 하고
아름다운 교회가 세워지기도 하고

우리가 소망하는 기도의 양은?
눈물의 창고는 얼마나 큰가?
울다 지치고 울다 지치고

다시 눈물 닦고 기도 하고
기도로 먹고 기도로 자고
이뤄질 때까지 기도하면 넘쳐흐르리라

눈물로 채워지는 기도가 주는 결실의 기쁨은
강대상과 교회의 좌석마다
눈물바다 되어 흘러넘치는 은혜가 되리라

문제가 생기면 입 다물고 기도하기

말은 말로서 고통을 주지만
입 다물고 기도만 하면
어떤 문제도 솔루션이 생기고

아버지는 말없이 기도하는
목자와 양 떼를 더 예뻐하시고
아무리 힘든 문제도 해결해 주시네

기도는 통곡의 벽에서 해도 좋고
교회의 공동체에서 해도 좋고
시공간을 초월한 어디에서도 좋으네

하나님께 영광이 되는 기도는
예수그리스도의 이름으로 하여
하늘 깃발로 승리가 펄럭이게 되겠네

응답받을 때까지 기도하기

나무를 키워보면
빨리 자라는 나무가 있고
더디 자라는 나무가 있고

아이를 키워보면
어릴 때 공부 잘하는 아이가 있고
늦게 공부 잘하는 아이가 있고

모두가 한결 같지 않듯이
늦게 된 자가 먼저 될 수도 있고
쉬지 않는 기도가 승리하게 되리라

무엇이든 응답받을 때까지
인내로 기도하는 관습이
아버지의 영광이고 기쁨이 되겠네

내가 승리하는 길은 고속도로처럼 뻗으리라
내가 승리하는 길은 하늘길로 날아오르리라

내가 하지! 니가 해?

하늘 아버지 앞에 엎드려
이루어 달라고 눈물의 기도로
탄식할 때 들려온 그 목소리

내가 하지! 니가 해?
니가 해? 내가 하지!

우리는 우리의 힘으로 하려고
무던히 애쓰고 고민하지만
알고 보니 당신이 다 하셨고

우리는 엎드려 기도만 하여
하늘 아버지는 알아서 모든 것
응답하고 해결하여 이뤄주시네

네가 문제다

큰일을 하려고 하면
언제나 방해자가 있기 마련이고
그때마다 금식으로 기도하면서

아버지 저를 데려가시든지
아버지 그를 데려가시든지

오늘 밤까지 해결 안해주시면
저는 금식하다가 죽겠습니다

새벽 미명에 들려온 그분의 목소리
네가 문제다, 네가 문제다,
그들을 위해 울어줄 수 없겠니?

아버지의 그 말씀이 네가 문제다
그는 깊이 반성하여 회개했고

다음 날 방해자의 사과가 있었고
그 입술에 꿀을 발라 주신 아버지의 위대한 능력

그는 방해자를 위해 눈물의 기도를 바치는데

파란 하늘 문이 신비롭게 열렸고
성령의 단비가 끝도 없이 내리고 있었네

입 다물고 무릎 꿇고 그분 영광을 위해 기도하니
모든 것 다 해결해 주신 크신 아버지의 그 사랑
우리에게 자신까지 내어 주신 예수의 십자가!

우리는 모두가 하늘 아버지로부터
영원히 듣고 싶지 않은 그 말씀

네가 문제다
네가 문제다

형제의 눈 속에 티를 보지 말고
내 눈 속에 들보를 깨닫지 못하느냐 하시고

당신의 사랑으로 서로 용서하라 하시네
당신의 사랑으로 서로 사랑하라 하시네

성령님의 역사하심 따라 쓰여진,
정필도 목사님의 일대기

양 왕 용
(시인, 한국현대시인협회 이사장)

필자가 이향영 시인을 만나게 된 것은 2017년 글 쓰는 것과는 전혀 관계가 없는 일본 여행에서였다. 그 여행 끝자락에 일행과 식사를 같이 하면서 이야기를 나누어 보니 LA에 43년 살다가, 최근에 역이민하여 필자와 가까운 이웃에 살고 있었다. 뿐만 아니라 LA 문단에서는 시와 소설 쓰기 그리고 화가로서도 잘 알려진 분이고, 기억을 상기시켜보니 10수 년 전 부산시인협회 기관지《부산시인》에 작고한 배정웅(1941-2016) 시인의 주선으로 부산과 연고가 있는, 미주 시인 특집에 기고한 적이 있다는 것을 알게되었다. 그리고 미국에서는 개신교 교회에 다닌 적도 있었으나 귀국 후에는 부산의 가족들이 다니는, 해운대 성가정성당에 다니고 있다는 사실도 알게 되었다. 그러한 인연으로 서로 연락하다가 필자가 관계하는 베트남과 일본 해외문학 교류 모임에도 같이 하게 되었다. 그런 후에 소식이 뜸하던 그이를 지난해 10월 수영로교회에서 만났다. 이웃에 살고 있는 수영로교회 교우의 전도로 새 신자로 등록하였다는 것이다. 그리고 새 신자 교육 5주와 8주차 등 여러 교육을 받았다고 했다.

이향영 시인의 글쓰기는 그의 둘째 아들 '폴 유빈 리'가 1992년 고등학교를 졸업하고 6월에 서울대학교의 해외학생을 위한 문화 체험 프로그램에 등록하여 연수하면서 8월에 기숙사에서 친구들의 간식을 준비하다 차탕기에 전류가 흘러 감전사로 사망하게 된 충격에서 비롯되었다. 그때 받은 이향영 시인의 충격과 주위 사람들의 슬픔은 지난해에 발간한 이향영 시인의 생애보 시집 『당신이 있어 내가 있습니다』(2022. 작가마을)의 본문과 말미에 수록되어 있는, 다른 사람의 글을 통하여 필자도 알 수 있었다. 특히 이향영 시인과 교분이 두터웠던, 故 김동길 교수와 '폴 유빈 리' 사망 당시 국내 보호자였던 외삼촌 이명기 선생의 글에서 보이는 슬픔의 깊이는 필자에게도 생생하게 다가왔다. 이러한 슬픔을 당한 가장 가까운 장본인인, 이향영 시인의 그 이후의 삶은 어쩌면 이러한 슬픔의 극복 과정이라고 볼 수 있다. 그래서 그이는 미국에서 글쓰기 공부와 여러 대학에서 문학과 순수미술 공부를 시작했다. 말하자면 슬픔의 극복으로서의 글쓰기를 시작했다고 볼 수 있다. 그런데 그 극복 과정에서의 이향영 시인 행보는 보통 사람의 상식을 뛰어넘었다. 이향영 시인 자신의 슬픔 극복의 원동력은 아들 PAUL이 '친구를 위해 죽으면 그보다 더 선한 일이 없다'는 성경 공부 시간에 배워 실천했던 미국에서 자란 해맑은 청년의 삶의 자세에서 비롯되었다고 볼 수 있다. 그래서 이향영 시인은 자신의 글쓰기, 그림 그리기의 결과물들과 수익을 기증하기 시작했고, 미국에서의 장학재단 설립, 최근의 한국에서의 2020년 아너소사이티 페밀리 회원 가입 등 모두가 이타적인 봉사요 헌신이었다. 그 가운데 글쓰기의 대표적인 결과물 두 권의 내용을 간략하게 소개하면 다음과 같다. 그 첫 번째가 1993년 그의 아들 폴 유빈 리의 추모시집인 『하늘로 치미는 파도』(융성출판,1993)인데, 그는 이 책의 수익 전부를 아들의 기념 장학재단과 클레어몬트 신학대학원 한국인 목회자를 위한 장학재단을 운영하고 있는데 사용했다. 다음으로 이태석 신부의 헌신적인 삶에 감동하여 쓴 시집 『환한 빛 사랑해 당신을』이다. 이 시집은 그가 미국 있을 때 출간한 것으로 2020년 재판을 찍어 부산 송도의 〈이태석 기념관〉에 기증하여 유용하게 사용되고 있다. 그 외 많은 아픔의 현장에서 느낀 바를 시로 써서 고통 당한 이들을 위로하는 경우가 많았다.

최근에 이향영 시인이 지난해인 2022년 3월 21일 코로나 후유증으로 소천하신 정필도 목사님의 생애에 감동을 받아 정필도 목사님 생애를 제재로 한 시집 『입 다물고 무릎 꿇어라』를 내겠다고 원고를 필자에게 보내왔다. 그러면서 필자에게 해설을 부탁한 것이다. 필자가 이향영 시인의 원고를 읽는 순간, 놀랍고도 한편으로는 부끄러운 생각이 들기도 했다.

필자가 정필도 목사님을 처음 뵙게 된 것은, 수영로교회를 개척할 무렵인 1975년 부산 영도에 있는 합동 측 신학교인 〈부산장로회신학교〉의 같은 요일 강사로 출강하면서부터이다. 필자는 그 당시 부산여자고등학교 교사로 있으면서, 고향 선배이신 정충

언 목사님의 추천으로 출강하게 되었다. 필자가 부산대학교로 옮긴 직후까지 출강하였다. 아마 몇 년을 같은 요일에 출강한 것으로 기억된다. 필자가 수영로교회 오기 전 출석교회인 소정교회로 정필도 목사님께서 간간이 설교나 다른 순서에 오시면서 그 교회의 장로였던 필자와 더욱 가깝게 지냈으며, 2003년 필자가 수영로교회로 옮기면서 출석 교인이 된 것이다. 이러한 연유로 20년 동안의 평신도로서 정필도 목사님의 설교에서 많은 은혜를 받았고, 인품에서는 감동을 받지 않을 수 없었다. 따라서, 필자의 60세 이후의 신앙 정립과 인격 형성에 절대적인 영향을 끼쳤다. 특히 정필도 목사님의 2011년 은퇴 때의 자세와 후임, 이규현 목사님의 청빙 절차 등에서는 한국 대형교회 목사로서는, 어느 누구보다 은혜롭게 마무리하신 점에서 교계뿐만 아니라, 일반 사회에서도 귀감이 되었다. 2022년 3월 중순 광주 집회에 다녀온 직후에 코로나에 감염되고 결국 그 후유증으로 투병하시다가 돌아가신 것이다. 특히 소천 직전의 병상에서의 설교에 가까운 유언 기도 등에서 받은 은혜, 그리고 천국 환송 예배에서 받은 감동 등은 간단한 글로는 도저히 표현하지 못할 정도였다.

필자와 정필도 목사님과의 이러한 인연에 비하여, 이향영 시인은 정필도 목사님과 생전의 체험은 멀리는 미국에서의 정필도 목사님 부흥집회 때나 수영로교회에 정식으로 출석하기 전에 간간이 들은 말씀에서의 은혜가 전부라고 볼 수 있다. 그런데 언제 이렇게 방대한 정필도 목사님의 생애를 리서치하였으며, 또한 그로부터 감동을 받아 시로 형상화하였다는 점에서 필자는 엄두도 못 내었던 일이기에, 솔직히 부럽기도 하고 부끄럽기도 하였다. 그러나 다시 한번 생각해보니, 이러한 능력은 이향영 시인의 1993년부터 지속해온, 훌륭한 인물의 생애에서 받은 감동과 그러한 결과를 글로 써서, 여러 형태로 헌정하는 자세에서 왔다고 볼 수 있다.

이향영 시인은 2023년 3월 19일부터 21일까지 거행된, 정필도 목사님의 일주기 행사 즉 기념예배, 세미나, CTS 다큐멘터리, 뮤지컬, 어록전시회, 기념전시관 관람 등 하나하나에 빠짐없이 참석했으며, 그러한 행사에 감동을 받아, 정필도 목사님의 저서를 읽고 설교 등을 찾아 들었다. 그러다가 발을 다치게 되어 깁스를 했고, 다른 활동에 지장을 받게 되면서 정필도 목사님의 생애를 쓰게 된 동기가 되었다.

이 시집의 제목『입 다물고 무릎 꿇어라』는 정필도 목사님의 평소 목회의 소신으로 그의 좌우명이기도 하다. 이 시집은 정필도 목사님의 생애에 따라 총 5부로 나누어져 있다. 제1부〈찬란한 빛을 품은 혹독한 겨울〉에서는, 정필도 목사님의 초등학교 시절에 주님을 만난 과정을, 그리고 경기중, 고등학교와 서울대학교와 총회신학교, 박신실 사모와의 결혼, 공군군목시절까지가 일종의 서사시로 형상화 되어 있다. 이어서 제2부〈무릎으로 엎드린 봄〉에서는 수영로교회 부임 과정과 초창기 교회에서의 고난과 그 극복 그리고 축복받는 과정으로 그려져 있다. 제3부〈절망할 줄 모르는 기도의 여름〉에서는 정필도 목사님이 오직 기도로 수영로교회를 성장시키는 믿음의 과정을 썼다. 제4부〈이웃에서 세계로 은혜의 가을〉에서는 부산과 민족, 그리고 세계 복음화에 헌신하는 과정 등이 형상화 되어 있다. 그런데 이향영 시인은 소제

목에다 4계절의 순환을 도입하고 있는데, 그 순서가 보통은 봄부터 겨울까지인데, 그는 겨울에서 시련, 봄에서 희망, 여름에서 성장, 가을에서 결실의 순서로 전개하고 있는 것이 특색이다. 제5부 〈어록으로 그려진 시와 사랑의 사계절〉에서는 정필도 목사님의 주옥같은 어록이 중심이 되고 있다.

다음으로 이 시집의 특색의 하나는 오로지 정필도 목사님의 생애만 전개되는 것이 아니라, 이향영 시인이, 비록 지상에서는 고인이 되셨지만, 신앙의 롤 모델로 삼게 되는 과정이 이 시집의 곳곳에서 나타나고 있는 점이다. 그리고 서울대학교에서 감전사로 사망한 둘째 아들과 정필도 목사님이 천국에서의 상봉을 소망하는 것으로 형상화된 점이다. 말하자면 순수한 서사시라고 보기보다, 정필도 목사님의 생애를 통하여 이향영 시인의 신앙이 성숙해지는 과정도 드러나고 있다. 이러한 특색으로 인하여 이 시집을 읽게 되는 독자들, 특히 수영로교회 교인들은 자기 자신의 신앙의 자세를 반성해 보게 되는 좋은 계기가 마련될 수 있을 것이다

이 시집을 읽으면서 필자는, 이향영 시인이 수영로교회 교인이된 것은, 정필도 목사님의 생애를 시로 형상화하기 위한, 성령님의 인도하심이라는 생각이 들었다. 이향영 시인 자신도 술회하고 있지만, 다리의 골절 부상도 이 글을 쓰게 한 성령님의 역사하심이라고 볼 수 있다. 이향영 시인은 갑상샘암을 현대의학이 아닌 자연치유로 극복하면서, 이 글을 비롯한 많은 글을 써 왔고 현재도 쓰고 있다. 분명히 하나님께서 이향영 시인에게 건강을 계속

주셔서 더욱더 많은 글을 쓰게 하여, 그 글을 기증받는 기관과 그 이로 인하여 읽게 되는 독자들에게 많은 감동을 주고, 하나님의 은혜와 역사하심을 체험하게 될 것이라 확신한다. 그리고 이향영 시인의 이 시집 발간을 계기로, 수영로교회에서도 정필도 목사님의 완벽한 평전 제작과 여러 매체로 기록물을 남겨, 후세에 두고 두고 정필도 목사님을 기억되게 할 것이라는 확신도 가져본다.

양왕용 | 시인. 부산대학교 명예교수. 한국현대시인협회 이사장. 동북아기독교작가회의 한국 측 회장.